TRES DIAS PARA HUGO

MariAnna Lacomba

(ATENCIÓN, este libro es una historia de alto contenido erótico con relatos de sexo explícito. Sólo para adultos y solo de mentes abiertas)

ISBN: 978-84-09-03652-3

TRES DÍAS PARA HUGO.

"No renuncio a nada de lo hecho, menos arrepentirme de lo que hice conscientemente. El futuro tal vez me permita seguir haciendo parte de lo que me gustaría hacer: la vida ha sido muy generosa conmigo.

Aunque a veces haya cometido errores, tan sólo lamento el mal que a otros pude hacer, cuando fue sin intención de hacerlo. Cuando no, no lo lamento

Anna Lacomba

6

VIERNES

A través del cristal podía ver la piscina de la comunidad abarrotada de vecinos y vecinas, pero igualmente podría estar pasando un rebaño de camellos y los Reyes Magos en persona, que mi atención estaba concentrada en evitar que mi cara tropezase contra el cristal de la ventana por el continuo va y ven al que me sometía desde atrás el empuje frenético de Hugo.

Tan solo unos minutos antes entrábamos por la puerta de su piso, apenas cerró, se abrazó a mi espalda, su boca ansiosa buscó el lóbulo de mi oreja y el cuello, una mano aferró con urgencia mi pecho y con la otra hurgó en mi falda a la altura de la cintura. Noté cómo su virilidad crecía pegada a mi culo, como buscaba encajarse en la insinuada abertura vertical de mi anatomía, cómo apretaba con más fuerza a punto de reventar la bragueta. Mi sexo comenzó a humedecerse y él lo notó aún sin tocarme, su mano buscó el extremo de mi falda ansioso por sentir el frescor de la piel de mis muslos y caminar hacia el calor de la caverna.

Me subió un poco la tela sin perder la postura, no pensaba perder el roce que tanta excitación nos estaba provocando apretado contra mi trasero, mis manos contra la pared, contra la puerta o contra el sofá, manteniendo el cuerpo erguido y el culito respingón para que me aplastara con su empuje. Sus dedos buscaron el encaje de mis bragas, tiró hacia delante dejando espacio suficiente para que las serpientes de sus dedos se enredaran en los prolegómenos de mi pubis y alcanzaran la humedad de mi entrepierna, comenzó a acariciar con la yema del índice mi botoncito inflamado, empapándose del líquido cada vez más copioso, mientras el dedo corazón abría los pliegues de mi piel excitada. Su ansiedad agudizaba aún más la dureza de lo que arrimaba a mi baja espalda, acomodándose a mi hueco secreto. Los suspiros y jadeos, impulsaban una nube de vaho que crecía y decrecía en el cristal.

Sacó el dedo empapado y tomó la braga desde arriba, su delicadeza para no hacerme daño era tan proporcional como la ansiedad por abarcar con toda su mano mi triángulo, por apretar mi carne entre sus dedos y por bajar la prenda con sus encajes para que no estorbara. Mi cuerpo, bajo su impulso, buscó apoyo contra el respaldo del sofá, oí cómo bajaba su cremallera, desabrochaba el botón del vaquero y, sin volverme, busqué el tacto de sus calzoncillos. Dejó caer levemente su pantalón y apartó mi mano antes de bajarse el calzoncillo, haciendo que la dureza de su sexo rebotara contra el final de mi espalda. No pude resistir y busqué hacia atrás; sobre mi mano apreté su virilidad enhiesta y ardiente, su tamaño era considerable y su dureza imposible, sentí aún más el deseo y quise volverme, pero me lo impidió obligándome a soltarle y, entonces, subió mi falda también por detrás y bajó mis bragas a la misma altura que por delante, el fresco del aire acondicionado y la excitación, erizó mi escaso bello. Un azote sobre mis nalgas robó un suspiro de mi boca y con el segundo, apretó su prominente vertical contra mi culo, me bajó la braga hasta las rodillas y me abrió levemente de piernas. Se agachó a la altura suficiente como para alcanzar con la punta de su pene la entrada a mi vagina, humedeció la punta levemente jugueteando sobre mi sexo, mientras los dedos de su mano pellizcaban mi pezón, levanté el culo para ayudarle a llegar cuanto antes al objetivo y tras interminables segundos, por fin me penetró.

Dejé escapar un ligero gritito correspondido por Hugo con un profundo suspiro. No podía apartar las palmas de las manos de la puerta, aunque lo que realmente me apetecía era doblar mis brazos para alcanzar su culo y apretarlo contra mi. Su cuerpo comenzó un movimiento ritual, posó sus manos en mis caderas, tanto para sujetar mis faldas como para penetrar más con cada embestida en mi gozo y ansiedad desesperada, le sentía vivo, deseoso de ahondar, pero la postura no era plena. Tomó el mentón de mi cara y lo alzó con una mano, dejando accesible el cuello sobre el que se lanzó ansioso.

Así, empalada como estaba, me tomó casi en volandas, no quería sacarla, la notaba calentita y jugosa y no quería privar a su erección de esa sensación tan placentera, yo tampoco lo quería, ni que parase de entrar y salir. Me obligó a girarme hacia el sofá que reposaba contra la pared debajo de la ventana que daba al patio interior, al jardín y piscina comunal donde los niños jugaban, los jóvenes presumían y los adultos se medían en bañador mirando a la vecina que se conservaba tan bien. Mi mirada se concentró en los ajustados slip, bañadores de toda la vida y en el bulto tan sensual que lucían algunos hombres.

Hugo me arrancó las bragas para que pudiera abrir bien las piernas y me aposentó de rodillas sobre el sillón, coloqué los brazos en lo alto del respaldo con el vaho de mis jadeos haciendo olas sobre el cristal. Estaba fantaseando con el bulto del slip de un atractivo maduro en la piscina, cuando sentí dos cachetones sobre mis glúteos nuevamente. A lo que siguió el ataque de verdad, ahora sí estaba a una altura cómoda para embestirme. La poderosa y hambrienta verga de Hugo, me penetró a más velocidad y más profundamente a cada segundo, proporcionándome un goce inmenso que no tardó en producirme un orgasmo, pero él seguía atacando y a mi el orgasmo se me instaló como un estado natural y continuo. No supe si podrían enterase los vecinos, pues aunque la ventana estaba cerrada y no les llegarían los gritos y jadeos, el movimiento de la cabeza en un constante ir y venir hacia el cristal, con la expresión de infinito placer, podría haberles sorprendido. Tan solo pensarlo, me daba tanto morbo que me puse más cachonda y mi sexo comenzó a destilar más líquido aún, facilitando que aquél gran instrumento me penetrara más hondo y con más ansia, mientras mi orgasmo se prolongaba.

Tanto que volví a correrme a los pocos segundos, si es que había dejado de hacerlo. Mi cabeza estaba perdida, la mente en blanco, mi cuerpo estremecido hasta temblarme las piernas, apenas me podía sostener si no fuera por las vigorosas manos de Hugo, que sostenían mi cintura y tiraban de ella hacia su cuerpo en un constante movimiento cada vez más ansioso y más rápido. Le oí gemir. Su mano azotó mis glúteos con pasión, arrancándome en cada uno, un nuevo gemido. Su pubis golpeaba contra mi culo a cada acometida y cuando se separaba, volvía a golpearme. No pude evitar gritar, esta vez sí con ganas, mientras el hacía lo propio.

Le oí mientras su arma infernal explotaba y me inundaba la vagina, regándola de un líquido cálido y graso que yo acepté con ansia, intensificando mi placer al recibirlo contra las paredes interiores de mi cuerpo, arrancándome el tercer orgasmo sin solución de continuidad con los anteriores. Mis piernas ya no me sostenían, estaba completamente clavada en su verga y él era el único que me aguantaba, hasta que el placer también le rindió sobre mi espalda y ambos juntamos las caras contra el cristal al tiempo que los jadeos confundían nuestros vahos. El bulto del slip del vecino ya no me llamaba tanto la atención.

Tras un minuto, intentó salir de mi sin apenas moverse, pero no le dejé, la felicidad me embargaba. Al final no tuve fuerzas para aguantarle y sentí cómo el pene abandonaba mi cuerpo. El líquido que acababa de depositar, escurría por la pierna. Aún dejó unas cuantas gotas en el final de mi espalda, que corrieron juguetonas hacia el inicio de mi trasero, bajando hacia el agujero negro, pasaron de largo. Caímos rendidos a lo largo del sofá, él sobre mi, con la erección aún sobre mi espalda, confundiendo las gotas de sudor de ambos con las últimas gotas de semen y líquido vaginal. Ahora sí fue mío y tomé su arma en mi mano disfrutando aún de su calor y su potencia, ya menguante, pero agradecida por el placer recibido, recorriéndolo de arriba abajo con mi mano. Su piel era intensamente suave.

La tarde caía sin remedio. En el pasillo aguardaba su destino mi maleta intacta, recién llegada de viaje, sin abrir ni saber dónde debía acomodarse. Aguantamos aún varios minutos, escuchando el ruido del patio, sin movernos, hasta que me volví buscando el calor de sus besos en mi boca, que no tardaron en llegar. Fueron los besos que no nos habíamos dado, que la urgencia del deseo no dejó que tomasen su camino, abriendo la pasión que ya existía desde mucho antes.

- ¿Quieres cenar algo?

- Casi preferiría empezar por ducharme y luego deshacer la maleta – respondí risueña.

- Te traeré una copa de vino y mientras preparo algo de picar.

Sus ojos verdes me miraban radiantes de ardor y deseo, no pude negarle la mirada que buscaba, este era mi Hugo, había pasado demasiado tiempo lejos de él. Lo deseaba con la misma ansiedad que él a mi, sabía leer su mirada e interpretar lo que pensaba aún mejor que él mismo. ¡Hombres!, si se dejaran aconsejar mejor les iría, pero querían saberlo todo, estar en todos lados, y sin embargo, nos necesitaban siempre.

- 0 - 0 - 0 - 0 - 0 - 0 - 0 - 0 - 0 - 0 -

Aunque parezca increíble, todo lo que voy a contar aquí es verídico. Fueron tres días intensísimos vividos con Hugo, nada de lo que cuento es fantasía. Me considero una mujer libre y siempre he defendido mi opción, jamás he tenido una pareja fija, mis compañías más perdurables han sido dos gatos y una perrita que tuve en períodos sucesivos. El resto, nada de nada. Cuando he tenido "hambre" he salido de cacería. Soy una mujer atractiva que le gusta cuidarse y arreglarse lo justo, no me disfrazo, jamás me ha faltado un hombre, casi ninguno se me ha resistido; sólo aquellos que decían estar enamorados, no han accedido a mi cama, pero esos han sido excepcionales y en casi ningún caso lo lamenté. Siempre había uno mejor por allí que llevarse al catre, fueran casados o solteros. Nunca he querido tener unos calzoncillos entre mi colada, ni más cepillo de dientes que el mío. Como alguien dijo "…cuando oigo que me dicen *te quiero* siempre pregunto *¿para qué?* Y a continuación me largo ipso facto …"

Me ha ido bien. Tengo un trabajo que, sin entusiasmarme, me permite la libertad de escoger dónde comer o cenar si me apetece salir, o elegir mis vacaciones y mi ocio. ¡Que ya es!. He tenido que sacudirme muchos moscones, porque hay hombres que aún se creen que una está desando que venga una polla a redimirla de su ignorancia o insatisfacción, generalmente esos caballeros suelen ser decepcionantes. Igual que los que presumen de tener un gran vehículo, inteligencia desbordada o cualquier otra cuestión "de hombres", ni siquiera se plantean que a las mujeres nos gusta descubrirles y admirar sus bondades, que seguro que las tienen, aunque ni ellos mismos lo sepan, de tan capullos que son. También hubo quien planteó si yo no sería tortillera. Bueno ¿qué decir?, es demasiado simple: no. Si bien es verdad que tengo una buena amiga que sí lo es y, no sabría explicar muy bien por qué ni como, nos liamos más de una vez. Tal vez por que es más sencillo y da menos complicaciones, aunque estoy convencida que es más por su personalidad.

He de confesaros que el sexo mujer contra mujer es una cosa maravillosa. Si conoces tu cuerpo, prácticamente conoces el de enfrente, pero además es que la sensibilidad por buscar los puntos más sensibles, es mucho más fácil. Y por que te los encuentren también. Una caricia de entrepierna contra entrepierna puede ser delirante, sentir una boca cálida sobre tu pezón al tiempo que acaricias una buena raja, húmeda y cálida, te abre las puertas a un goce que supera todo lo conocido. Comérselo al tiempo que eres comida, es volar por los cielos envuelta en las nubes. Hasta el sabor de los besos en la boca son distintos. Las mujeres tenemos algo en común que nos hace especiales, a casi todas, es una experiencia que os recomiendo que porbéis, eso sí, con alguna mujer que realmente ame a las mujeres, no un marimacho, yo no lo he conocido, pero me contaba mi amiga que suelen ser más crueles que los propios hombres.

Y si en las relaciones con otra mujer sientes ausencia de que tu vagina se vea invadida por un buen bulto, siempre quedan los consoladores, a gusto. Anales, vaginales, ... todo se admite y complementa. Lo único que no sentirás es que tu boca se llena de carne y del líquido viscoso que un hombre te puede derramar dentro, si es que eso te gusta. A mi me encanta comerme una buena verga, también, y sentir el calor cuando se corre dentro, incluso tragarlo. Eso es lo único que no te puede dar otra mujer. Y esa fue una de las razones que me separó de mi amiga, porque además me exigía fidelidad absoluta y eso yo jamás se lo he concedido a nadie, ni lo quiero para mi. Si hubiese admitido que de vez en cuando trajera un buen macho a casa, incluso lo podríamos haber compartido, pero ella no quería, ni hablar de hombres y menos de compartirme, ni en masculino ni en femenino.

Al final nos separamos. He pensado muchas veces que si mi amiga en vez de ser mujer únicamente, hubiera sido un travesti sin operar, no sé si la hubiera abandonado. Tendría la masculinidad completa y casi toda la feminidad, pero le hubiera faltado el coño, no se lo hubiera podido comer. Seguro que antes o después lo habría echado de menos, menos que la verga que me faltaba con ella, puede que lo hubiera superado y admitido, pero no sé, nunca he probado liarme con un travesti. Nunca es tarde, no lo descarto, pero tendría que encontrar alguien muy especial. Bueno, no me hago ilusiones.

En fin, mejor que os siga contando mis tres días con Hugo. Un tipo especial con el que he compartido momentos irrepetibles a lo largo de mi vida, y en especial este fin de semana que acaba de comenzar. Ya veréis.

- 0 - 0 - 0 - 0 - 0 - 0 - 0 - 0 - 0 - 0 -

Cuando salí de la ducha, Hugo me estaba esperando en el salón, pero no fui inmediatamente, prefería colocar mis cosas en el armario mientras recordaba lo que había pasado hacía un rato y por qué estaba allí. Quería reflexionar un momento antes de volver a encontrarme con él. Habíamos quedado por fin para pasar unos días juntos, llevábamos semanas compartiendo confidencias por los chats de la red social, recordando historias pasadas. Todo fue casual, como siempre había sido en nuestras vidas, un buen día apareció en el bar donde tomamos copas e intercambiamos nuestros perfiles en redes sociales. Días después lo busqué en internet y... ¡ahí comenzó todo!.

10: 50 "¿Eres tu Hugo?, ¿te acuerdas de mi?"

11:15 "Hola, yo soy ese Hugo pero tu no estoy seguro de quien eres, porque no tienes foto en tu perfil, aunque tu nombre si que lo recuerdo, claro. Así que supongo que eres quien dices ser, jajajaja ¡Bonito juego de palabras!", me respondió.

11:19 "Oh, es cierto, te acompaño una foto no muy reciente, para que veas si he cambiado".

11:46 "¡Guau!, no has cambiado nada, te hubiese

reconocido entre mil!".

11:47 "Me sorprendió encontrarme contigo el otro día... no me lo puedo creer, después de tantos años ... y lo primero que hago es enrollarme contigo en un cine" (tranquilas chicas, no preocuparos, que os lo voy a contar, pero será en el último capítulo).

11:55 "Jejejeje, esas cosas pasan. A mi me gustó"

11:59 "¿Esas cosas "pasan"?, pues será a ti, para mi es la primera vez, no te vayas a creer ..."

12:01 "En absoluto, somos adultos y en mi caso, irresistible, lo sé ... jajajaja"

12:05 "Tu siempre tan ... bueno, vamos a dejarlo ahí. Cuéntame, ¿qué haces?, ¿a qué dedicas el tiempo libre?, ¿dónde vives?..."

12:08 "¡Uf, cuántas cosas!, ahora mismo estoy trabajando para una reunión que tengo en unos minutos, generalmente es lo que hago, así que me es un poco difícil seguir la conversación. Me encantaría hablar contigo, estoy en Madrid, ¿y tu?"

12: 12 "Yo vivo en Madrid"

12: 55 " ¿Podríamos vernos esta tarde noche?"

Ahí dudé, sentí miedo y dejé la pregunta sin respuesta. Hasta el día siguiente no pude volver a conectarme, algo presentía que podría pasar, sin duda. No lo voy a negar, tuve miedo. Hugo siempre provocaba en mi cierta inquietud. Y el encuentro del cine no había sido nada prometedor, desde luego, podía pensar cualquier cosa.

10:25 "Perdona por lo de ayer, es que surgió algo en el trabajo … lo siento"

10:28 "No te preocupes, yo también tuve una día fatal, hoy estoy más tranquilo aunque me es difícil atender las redes sociales, ¿podríamos vernos?"

10:58 "Siento la espera. Creo que no va a ser posible, pero me encantaría saber de ti más cosas"

11:06 "Bien, yo estoy en Madrid por un tema laboral, ya te contaré, pero me marcho mañana después de comer", ahí me vi a salvo, temía que nos hubiéramos encontrado en cualquier momento por la ciudad y no tener respuesta "Ahora me están llamando para otro asunto ¿puedes conectarte esta tarde?, o mejor aún ¿puedo llamarte?"

11:08 "Prefiero conectarme, ¿sobre qué hora?", no quiero ni pensar que pasaría por su mente al oír que también rechazaba el contacto telefónico, pero seguía teniendo en mente lo del cine.

11:10 "Sobre las 8 estaré en el hotel"

11:13 "Está bien, a esa hora me conectaré, verás el color morado de mi chat ¿te parece?"

Pocas más opciones tenía Hugo. Los hombres no saben leer entre líneas, quería saber de él, pero no me atrevía a verle. Habían pasado muchos años y le recordaba como un muchacho seductor y directo con el que tuve aventuras intensas a lo largo de los años, pero habían pasado demasiados, cada cual condujo sus vidas a saber cómo y quería conocer algo más de la suya. La gente cambiamos y más con tanto tiempo de por medio.

- 0 - 0 - 0 - 0 - 0 - 0 - 0 - 0 - 0 - 0 -

Entonces yo era una mojigata tímida y retraída, repleta de tantos sueños como él de hormonas. Por eso cuando me besó como un adolescente que era, me quedé paralizada, fue un beso intenso y profundo, yo diría que a traición, aunque no fue así, claro. Estábamos con la pandilla de aquellos tiempos, divirtiéndonos, riendo y jugando, como hace la gente joven y despreocupada, luego algo de baile y por fin los "agarrados".

Apenas nos rozábamos, pero yo estaba tan a gusto a su lado como él parecía estarlo al mío. De repente alcé los ojos para mirarle y él aprovechó para volcar su cara sobre la mía y robarme un beso. Un beso que fue cálido y placentero, que me revolucionó todo el sistema hormonal, noté como desde las uñas de los pies una onda expansiva subía hacia arriba y cómo la sangre se concentraba en mis labios apretados contra aquellos otros desconocidos hasta ese momento. Sus ojos verdes acercándose a los míos se me quedaron grabados como una de las imágenes más reales en mi vida, como si todo hubiera ocurrido a cámara lenta.

Me separé de él y me fui con mis amigas, que lo habían visto todo y reían con travesura infantil.

Pasaron algunos años, dos o tres tan solo. Un fin de semana fui con mis amigas Mar y Sonia a su chalet en la sierra, como sus padres nos habían dejado solas, invitaron a más amigos y amigas de Madrid que llegarían al día siguiente. Una vecina que se llamaba Susana, no era mucho mayor que el resto, pero sí sabía más, no sé cómo nos empezó a contar cosas de los chicos, el calor afloraba a mis mejillas en forma de rosetones, la conversación se fue haciendo más truculenta. Susana había hecho "aquello" con un chico y con un muchacho mayor, para nosotras mayor era todo aquel que tuviera más de 25 años.

- ¿Y le tocaste la picha? –preguntó Mar. Todas nos echamos a reír.

- Claro que se la agarré –dijo presumiendo, estábamos mudas –es como una gran salchicha caliente, dura, rígida, no sé … excitante.

Por más que lo intentáramos no nos lo podíamos imaginar, como mucho habíamos visto la de un hermano o cualquier niño pequeño, o sea, sólo un triste apéndice de carne que servía para hacer pipí y nada más. Pero entonces Susana comenzó a contarnos qué le había pasado. Lo del amigo no merecía la pena, fue la primera vez, sólo tenía 15 años, y sintió un profundo dolor que se pasó en un rato, aunque no duró mucho, el amigo dejó caer su líquido sobre ella enseguida.

- Es un líquido espeso y blanco que lo mancha todo, cuando lo echan, aquello se hace pequeño y ya está.

- ¿Ya está?

- Si, que se acabó todo. Ellos se quedan sin fuerzas.

Pero con el muchacho mayor lo había hecho varias veces, ella ya tenía los 17 cumplidos y el cerca de 25. Él sabía aguantar más, la tocaba los pechos y por abajo, luego se lo chupaba y ella sentía un gustirrinín que la entusiasmaba, según lo hicieron otra vez, ella se atrevió a cogerle el miembro, lo acarició y lo sopesó, sentía como él respiraba más hondo y su vez la acariciaba más rápido o la besaba "abajo" con más intensidad. El muchacho la enseñó a acariciarle y luego le dijo que se la metiera en la boca. Susana les confesó que no sabía qué hacer, era muy grande y le obligaba a tener los labios muy abiertos, pero entonces él se puso a moverse atrás y adelante, ella no comprendía pero no se la sacó. Luego se giró y comenzó otra vez a besar su sexo. Lo comprendió todo, debía hacer lo mismo con el aparato del compañero.

Susana nos contó que fue muy intenso, sintió cómo las piernas le temblaban, como un gran calor le subía por todo el cuerpo, como perdía la noción de lo que estaba haciendo. Siguió chupando aquél enorme palo dentro de su boca, lo sacaba lo lamía y se lo volvía a introducir, gemía al mismo ritmo que él lo hacía, que no paraba de mover su lengua dentro de su sexo casi virginal, hasta que sintió que se le iba el conocimiento, sintió un profundo placer y no pudo reprimir los suspiros. Entonces el muchacho dio un respingo algo más fuerte, sin abandonar la lengua, expulsó todo el líquido blanco en su boca, que se le llenó y tuvo que tragar algo y el resto escurrió por su barbilla. Fue la primera vez que sintió un orgasmo, les dijo.

- A mi una vez un chico me tocó el chirri, pero no sentí nada –dijo Mar.

- ¿Ah, si?

- Si. Y me pidió que yo le tocara a él también. Pero casi no me dio tiempo, al momento expulsó el líquido blanco con la respiración entrecortada y ahí se acabó todo.

Las cuatro reímos. Y nos fuimos a acostar para seguir contándonos secretos, aunque yo no tenía nada que decir. Hasta entonces mi única experiencia era aquel beso robado por Hugo en un baile.

Al día siguiente llegaron el resto de la pandilla y allí estaba él.

Miré de reojo a Hugo con sus amigos y me pareció un tipo interesante, guapo, sugerente, atrevido. Teníamos música y algo de bebida, no todo eran refrescos, y tiempo para disfrutar, lo mismo que edad. Los chicos se acercaron a nosotras y nos presentamos todos. Salimos al patio para disfrutar de la piscina.

Hugo trajo unos bocadillos para picar, sus ojos intensos adentrándose en los míos, buscando mi sonrisa que yo escondí lo mejor que pude. Se acercó seguro de sí mismo y me invitó a bañarme, pero no me atrevía así que me senté al borde con los pies en el agua. Comimos algo mientras hablamos de cualquier cosa, de los proyectos que teníamos, de lo que nos gustaría ser, alguien venía y se unía a la conversación, luego se iba, nos mojábamos, unos jugaban al balón, otros a tirarse de cabeza. El tiempo transcurría y llegó la tarde encadenada a nuestra indolencia juvenil. Al igual que las luces que se iban escondiendo, las parejas hicieron igual. Una estaba en una esquina del jardín besándose, los tenía enfrente, no pude evitar fijarme, el chico tenía el bañador muy ajustado y se le adivinaba "la cosa" mientras dedicaba un movimiento rítmico sobre el cuerpo de su novia, con una mano la sujetaba el cuello para que los besos no se perdieran, pero con la otra le magreaba un pecho, ella tan solo le acariciaba la espalda. Aparté la vista y me concentré en Hugo.

- ¡Hostia lo que he visto! –llegó corriendo Miguel del interior de la casa. Todos se volvieron inquiriendo entre risas que contara lo que ya se figuraban –joer, que he abierto la puerta buscando el baño y me he encontrado a la parejita en pelotas y uno encima de la otra.

Y todos se echaron a reír. Me fijé que la pareja del fondo también habían parado y se reían, él tenía un vistoso bulto en su bañador y ¡caramba! una ligera manchita. Se levantaron pero él se pegó a la espalda de ella y así se fueron hacia el interior de la casa entre las risas y los gritos del resto.

- Bueno ¿y el resto qué hacemos?

- ¡Fiesta en pelotas! –gritó Miguel, que se quitó el bañador y lo tiró, para saltar de cabeza a la piscina. Las chicas gritamos y todas salimos corriendo del agua. Todos los chicos, incluido Hugo, hicieron lo mismo que su amigo: se quitaron los bañadores.

- Está bien Paco, pues ya que tu te has puesto en pelotas, yo también –la otra Ana del grupo, se quitó la parte de arriba del bikini antes de lanzarse al agua, mientras que al tal Paco le cambiaba la cara. Las risas iban en aumento, los gritos y los abucheos para el susodicho que salió corriendo tanto como pudo y se abrazó a su novia intentando cubrirle los pechos para que nadie la viera, la juerga ya estaba montada.

Mar, Sonia y yo estábamos juntas y casi abrazadas, nos reíamos pero no sabíamos muy bien qué hacer. Fue Susana la que dio el paso. Se levantó y comenzó a quitarse la parte de arriba muy despacio, los chicos se callaron observándola; cuando terminó y cubriéndose con un brazo los pechos, tiró de las cintas que sujetaban la braguita, que cayó inmediatamente pero ella se tapó el triángulo de pelo que se vio fugazmente. Y no se arrojó al agua, por el contrario, comenzó a pasearse por la orilla al ritmo de una música imaginaria, mientras a los chicos se les caía la baba. Me fijé en Hugo que como todos silbaban y jaleaban a Susana, hasta que me vio mirándole y entonces se paró y no apartó sus ojos de mi.

Susana se movía insinuante por todo el contorno de la piscina, hasta que lanzó un grito y se encogió rápidamente. Volvimos la mirada hacia donde ella estaba mirando, para ver al Neni, un chico muy tímido, que se estaba masajeando "la cosa" con cara de tonto. Su hermano salió de la piscina corriendo y se fue hacia él, mientras éste dejaba derramar el líquido lechoso del que me habían hablado las amigas, era la primera vez que lo veía. Susana gritaba histérica y Miguel se acercó a ella e intentó calmarla, no pude evitar mirar cómo el sexo de Miguel se bamboleaba, hasta que entró en la casa intentando calmar a la chica.

Los chicos se vistieron y entre todos preparamos algo de cenar. Había quien reía y había quien estaba serio. La música comenzó a sonar en el casette. Mis amigas y yo no sabíamos que hacer, irnos era difícil porque estábamos en una urbanización y a esas horas ya no habría autobuses, en casa todas habíamos avisado que no iríamos a dormir. Comimos algo y bebimos también, pasó el tiempo, Hugo vino y me tomó por la cintura y me acercó hacia su cuerpo rebosante de hormonas al ritmo de la música, quería bailar pegado, me dejé llevar y cuando me quise dar cuenta, tenía sus labios contra los míos, se movía a derecha e izquierda, su lengua venció la resistencia y entró en mi boca. El calor invadió mi piel, apreté su espalda y él mi cintura, al cabo sentí algo duro un poco más arriba de mi pubis, aún era demasiado inocente, aunque mis hormonas estaban disparándose y sentía la necesidad de apretarme cada vez más. Su saliva se mezclaba con la mía, sus dedos buscaron la piel por debajo de la camisa y yo, no sé cómo, hice lo propio. Así que todo fue fácil y rápido, pasado un rato de refriega en el cuerpo a cuerpo, cada vez con más intensidad, Hugo me arrastró suavemente hacia un rincón del patio donde apenas había luz, sin soltarme ni dejar de besarme me empujó con delicadeza sobre el suelo de cómodo césped, había una toalla tendida en la que nos tumbamos.

Comenzó a acariciarme con parsimonia aunque sin descanso. Encontró los botones de mi camisa y los desabrochó, mi piel cálida dio un respingo al roce de sus dedos levemente fríos. No fue la sensación térmica, si no la novedad de que una mano extraña llegase hasta mis pezones vírgenes, había sido el primero en besarme y era el primero en conquistar mis secretos. Sus manos juguetearon a veces tiernas y a veces nerviosas sobre mis tiernos pechos, mientras su cuerpo se erizaba contra el mío, me vino la imagen de la primera hora, cuando aquella pareja en bañador se apretujaban en la orilla de la piscina, Hugo también tenía algo duro allí abajo y yo podía sentirlo. Debí salir corriendo, pero algo me retenía contra él y no intenté siquiera separarme, el calor que sentía resultaba muy agradable.

Sus manos siguieron buscando. Con la poca idea que yo tenía acudí a los recuerdos de películas vistas y usé mis dedos para pasarlos por su pelo y su espalda, disfrutando de nuestro beso infinito. Sin embargo él corrió más, bajó y alcanzó el final de mi falda, magreó con cariño mis muslos fríos no sin cierta ansiedad torpe y al ver que yo no oponía resistencia, subió por ellos su mano y buscó mis braguitas, hoy sería un tanga, pero entonces eran unas bragas, siempre blancas, bajo las que se ocultaba el inocente y virginal sexo. Sentí el calor de sus dedos acercarse y una humedad desconocida ahí abajo. Mis sentidos variaban entre la sensación de sus labios contra los míos, aquello tan duro de su cuerpo contra mi costado y la mano que hurgaba en mi pequeña abertura, intacta hasta entonces. Todo lo disfrutaba con curiosidad y una sensación que más tarde aprendería a llamar deseo. Y aunque algo dentro de mi se rebelaba, me podía más la curiosidad que el pudor.

Sin saber cómo ocurrió, de repente nuestros cuerpos estaban semi desnudos. Hugo tenía su dureza allí mismo y mi mano curiosa se alargó hasta ella, lo tomé en peso como quien coge un palo, era suave y caliente, sus rugosidades y vericuetos resultaban nuevas para mi, las hormonas se me acabaron de alborotar. Noté la sorpresa de Hugo, no dijo nada, agarró mi mano en torno a su pene y la movió arriba y abajo, se detuvo y me miró. No eran sus ojos verdes, era su forma de mirar lo que me tenía encandilada. A su vez su mano horadó mis entrañas cada vez más húmedas en un masaje que me bloqueaba el conocimiento. Su cuerpo fue desplazándose hasta acabar sobre el mío y "aquello" descansó sobre mi ombligo.

Se movió algo más y dirigió su puntería en busca de mi sexo que en esos momentos estaba totalmente mojado, así que no le costó introducirlo, despacio, hasta que un hilo de sangre corrió por mi entrepierna arrancándome un gritito de dolor y luego nada, sólo calor y un vago placer. Al poco se retiró y sentí el famoso líquido blanco caer caliente sobre mi estómago y mi pecho. Me sorprendió verlo salir disparado con tanta fuerza.

Luego nos fuimos a buscar una habitación, nos metimos entre las sábanas y nos quedamos dormidos abrazados, al día siguiente, al despertar, volvimos a encontrarnos y entonces ya no me dolió ...

- 0 - 0 - 0 - 0 - 0 - 0 - 0 - 0 - 0 - 0 -

20:08 "Hola ¿estás ahí?". Me sacó de mi ensoñación el aviso del chat. Mi mano buscaba algo de consuelo a la ansiedad que me habían provocado los recuerdos, así que me sobresalté.

20:09 "Si aquí estoy". Si hubiera sido con voz, seguro que notaba lo alterada que estaba.

20:10 "¿Qué tal?, ¿qué estabas haciendo?, espero no interrumpir nada interesante". ¡Uy!, pensé para mí, si te dijera que *me* estaba haciendo ahora mismo.

20:12 "No estaba haciendo nada que no pueda retomar en cualquier momento. Me alegro de saludarte".

20:15 "Yo también, son muchos años y muchos recuerdos".

20:20 "Ahora mismo estaba en ello, intentando recordar, pero volvamos al presente ¿qué es de ti?".

20:22 "Pues ya ves, hecho un joven vejestorio. Me dedico a viajar por ahí, como asesor de empresas. Finanzas, inversiones, ... todo eso ¿y tu?"

20:24 "Casi igual, pero sin asesorar y sin viajar ... jajajajaja. Bueno, hago de todo un poco, ... " y comenzamos la intrascendente charla de repasar la vida de cada cual, como dos aburridos amigos que se encuentran y que tienen el subidón del momento, pero luego poco más.

Sin embargo con Hugo no iba a ser así, casi lo adiviné cuando me di cuenta a las 11 de la hora que era: ¡¡llevábamos desde las 8 de la tarde!!, 3 horas seguidas. Aquello prometía. Le pedí un tiempo para ducharme y cenar algo, quedamos en volver al rato.

00:13 "Me gustaría tanto poder verte ... conecta la cámara"

00:15 "¿Estás desnudo?", casi grité al aparecer su torso y su rostro sonriente en mi pantalla.

00:17 "jjjj ¿te gustaría?"

Maldito hijo de ... pues claro que sí, me había pillado en el mejor momento y me había quedado a medias y en medio de los recuerdos aparece él, pecho lobo, con todo al fresco. Y ya sabemos que a veces no es lo que se ve, sino lo que se insinúa.

00:20 "jjjj, puede ...", añadí, no sé porqué acababa de empezar un juego de equívocos, sin pensarlo, sin proponérmelo ¿en qué estaba pensando?.

00:22 "fantasmilla ... no, no estoy desnudo, es que me acabo de duchar y me he puesto sólo el pantalón del pijama"

00:24 "¿Sólo? ... ¿sin nada debajo quieres decir?" ¡y dale!, no sé qué me pasaba, porqué me comportaba así, ¿estaba caliente?, sí, creo que sí.

00:28 "Eso es ... y con una bragueta sin botones ni cremallera"

00:30 "Hum ¡qué interesante!, ¿lo puedo ver?", pues claro que lo podía ver ¿cómo fue capaz de preguntar eso?. Hugo se levantó y allí estaba su pijama, un discreto bulto y la insinuación de una abertura prometedora. ¿Pero cómo era capaz de comportarme así?, ¡estaba avergonzada y sorprendida a la vez de mi misma!.

00:33 "¿Y tu qué llevas?"

00:35 "Un camisón"

00:36 "¿Transparente?"

00:40 "No, bueno, un poco"

00:41 "¡A ver!"

Me levanté para situar mi cuerpo frente a la cámara web, como él había hecho. El pecho estaba escondido tras un fino encaje que servía solo de adorno, mis pezones se adivinaban ligeramente enhiestos, por entre las filigranas. De ahí hasta por encima de la rodilla, una suave tela insinuaba más que enseñaba. Sabía perfectamente que al trasluz, nada se podía ocultar, así que tuve buen cuidado de moverme dejando una lámpara iluminada desde un lateral al fondo de la habitación.

00:48 "¿No llevas bragas?"

00:50 "Hum, qué atrevido amigo Hugo …"

00:51 "Como siempre, ya lo sabes"

- 0 - 0 - 0 - 0 - 0 - 0 - 0 - 0 - 0 - 0 -

Tras aquel fin de semana cuando me desvirgó, cada uno volvimos a nuestro mundo, nos escribíamos, pero vivíamos muy lejos y no nos volvimos a ver. Hasta unos años después. Ya estaba en la Universidad y Hugo trabajaba en algo de su padre o de un tío, no sé. Nos encontramos por casualidad, en el Café Gijón. Mi experiencia había aumentado, tuve varias relaciones, no muchas, pero no encontraba nadie con quien realmente quisiera perdurar más de una noche. Pero ese día comprendí por qué.

Entró en el Café, instintivamente miró hacia mí, que ya lo había reconocido. Él me miró y se encaminó a mi lado, no sabía muy bien en qué, pero le resultaba familiar sin duda. Me saludó como si tal cosa y se acercó hasta la mesa de al lado y comenzamos a charlar. Creo que poco a poco fue recuperando los recuerdos del fin de semana, se ve que él tampoco había estado guardándome la ausencia. Me volvían loca sus ojos, su forma de mirarme y creo que él lo notó. Era como una caricia excitante que me penetraba por las pupilas y me llegaba hasta el sexo y allí se remansaba en una lluvia suave pero constante. De hecho sentí humedecerme sin más.

Pero Hugo tenía instinto y aún miles de hormonas por calmar. Me tomó la mano como si nada, siguió hablando hasta que ambos nos callamos. Sin perdernos de vista me besó, primero suave, luego profundamente. Su mano apretó la mía y la llevó por debajo de la mesa hasta su bragueta. Mi tensión subió Un leve respingo me hizo estremecerme. Su mano presionó para que tomara la cremallera, la bajé e introduje mis dedos para agarrar su sexo. Era una locura, nos íbamos a pillar un calentón del carajo para nada, pero entonces entornó los ojos y los dirigió a un extremo del local. Seguí la línea de su mirada y vi una puerta. Sin darme tiempo a reaccionar se levantó y fue hacia allí, vi su espalda caminar y entonces comprendí: sobre la puerta indicaba "aseos".

"Es una locura, ¡este tío está loco!, ahora mismo me levanto y me voy" y llamé al camarero, que vino solícito, pensaba pagar la cuenta y marcharme, con un poco de suerte pasarían varios años hasta que lo volviera a encontrar y con mucha suerte, puede que jamás volviera a verle. El amable recuerdo del Hugo que me desvirgó, se trastocaba en el de un salido cerdo de aquí te pillo aquí te mato.

- ¿Los servicios, por favor? —oía mi voz y no me lo podía explicar, ¿había preguntado por los aseos en vez de pedir la cuenta?. El camarero me indicó, no sospechaba nada, así que me levanté y fui hacia allí. Me percaté, en contra de lo que suponía, que nadie me observaba.

Hugo se bajó el pantalón, su "gran hermano" me miraba erguido con su único ojo apuntándome. No pude evitarlo, sin él decir nada, me agache y me puse a su altura, lo tomé en mis manos, me pareció mucho más maduro que cuando yo lo conocí aquel fin de semana, fue una buena presentación, la verdad, pero le encontré algo cambiado y para mejor. Lo introduje en mi boca después de masajearlo un rato. Su sabor era dulce, el calor de su piel llenaba mis papilas, mi boca se quedaba pequeña para tanta cantidad. Me excitaba recorrerla con mis labios y con mi lengua, sentía ganas de quedarme así horas y hasta días. Hugo cerraba los ojos y echaba la cabeza hacia atrás.

No quería sacármela, me gustaba su aroma, su sabor, su dureza. Recordé la leche caliente sobre mi cuerpo inocente de la primera vez en la piscina, aquel fin de semana de juventud. Y recordé al día siguiente cómo volví mojarme cuando después de comer lo hicimos por última vez y entonces introdujo una variante, me chupó el sexo hasta que me corrí y el hizo lo propio. Se me quedó grabada la fuerza de su eyaculación contra mi paladar, el gusto agridulce del líquido, la textura suave y como iba recorriendo mi garganta hacia abajo, dejando un rastro jugoso y placentero, mientras su lengua hacía estragos en mi rajita y me descubría el clítoris hasta lanzarme al éxtasis.

Pero ahora estaba en los baños de un Café. De repente Hugo tomó mi cabeza y comenzó un movimiento rápido de caderas, sacándome y metiéndome el pene en mi boca. Temí que se corriera demasiado rápido, pero ¡qué va!. Me levantó del suelo y se agachó él, bajó mis bragas que ya estaban empapadas e introdujo su lengua entre mis labios, besó mi clítoris y me produjo un principio de orgasmo al contraste entre el cambio de su sexo al mío. Multiplicó toda la excitación que me había producido chupársela y me llevó al principio del éxtasis, pero no me dejó concluir. Me elevó otra vez y me ensartó como una mariposa contra la pared con su gran polla, fue entrar de golpe su ariete duro y cálido y cortarme la respiración. Me sentí transporta por el universo, perdí la noción y fui a caer a un abismo. No pasaron ni 30 segundos y ya estaba en pleno orgasmo que el prolongó con sus movimientos varoniles, ágiles y duros. Y así me mantuvo por otro tiempo más, en una continua carrera, en un constante cielo de placer, de deseo culminado, hasta que sentí su leche dispararse contra las paredes interiores de mi útero, sentí el pastoso líquido inundar cada recoveco y rodar adentro y afuera sin que pudiera parar de sentir un inmenso y profundo abandono. Por que el muy cabrón no paraba ni con la última gota y mi orgasmo se prolongaba arrancándome brotes de desesperación.

Cuando por fin paró, ambos caímos en una pájara como los deportistas exhaustos, abrazados y apoyados entre la pared y las cajas del almacén.

- Hijo puta, ¿te has corrido dentro sin condón?

- Creo que sí.

- ¿Y si me has dejado embarazada?

- Entonces nos casamos.

Me quedé blanca y en cuanto pude reaccionar me subí las bragas, me bajé la falda y salí de allí disparada con el firme propósito de no volver a verlo nunca más en mi puta vida. Recogí las cosas que tenía sobre la mesa y dejé un billete de 100 sobre la mesa, bien pagada y hasta con propina estaba la consumición. No sé qué haría él cuando saliese, pero no me quedé a comprobarlo.

- 0 - 0 - 0 - 0 - 0 - 0 - 0 - 0 - 0 - 0 -

00:59 "Como siempre, ya lo sabes" había dicho. Y sin saber por qué, me puse de pie y levanté mi camisón lo suficiente como para enseñar mi sexo desnudo. Ya no era aquel triángulo peludo que él conoció. Ahora era una fino pero elegante hilo brasileño. Con la mano que no sujetaba el camisón, me pasé el dedo índice de arriba abajo. "Encantadora!".

01:05 "jjjj, no sé por qué lo he hecho"

01:07 "Quizá mi pecho te ha puesto …"

01:09 "No lo creo"

01:11 "Tal vez los recuerdos"

01:13 "Tal vez", dije intuyendo que él había comenzado sus deducciones.

01:15 "Tal vez lo que hacías cuando te conectaste era celebrar esos recuerdos", el muy … lo estaba adivinando.

01:20 "Tal vez"

01:25 "Si tu quieres, te dejo "disfrutar" a dedo libre de esos recuerdos", lo sabía, está claro que lo sabía "aunque a mi lo que me gustaría es participar …"

01:28 "Estás muy lejos"

01:29 "… tenemos las cámaras y la voz"

01:31 "¿Ah sí?, ¿y tu que harás?, ¿mirar?, ¿o también tienes "recuerdos" que celebrar?"

01:34 "Como tu quieras"

01:36 "No sé"

01:38 "Se llama cibersexo, o sexo en red, ¿jugamos?"

01:40 "Humm, quiero verte …"

Hugo se puso de pie dejando frente a la cámara el espacio desde su ombligo hasta algo por encima de las rodillas. Su mano viril y bien conformada, se posó sobre su braga y comenzó a moverse despacio. Noté cómo el pijama iba ahuecándose por un bulto que su mano removía. Recordé tantas cosas en un segundo que instintivamente mi dedo se acercó al final de mi camisón. La otra mano comenzó a masajear el pecho. Hugo seguro que miró a la cámara y lo vio.

Sus dedos se introdujeron por la abertura de la bragueta.

01:48 "Mira cómo se me está poniendo" dijo. No pensaba dejar de mirar en ningún caso a pesar de que no se la sacara, el bulto era inconfundible. Su mano lo aferraba dentro del pijama y comenzó el movimiento arriba y abajo "Ahora mismo estoy pensando en ti, en tus pechos suaves y lisos, en tus pezones vibrantes y juveniles de aquella niña que desvirgué. Cómo sentía su sexo humedecerse entre mis dedos …"

01:55 "Dios, cómo me acuerdo … tu polla dura contra mi cadera …"

01:57 "Tu mano bajó en su busca y la agarraste con ansiedad, entonces supe que acabaría follándote … " y en la pantalla vi cómo Hugo se la sacaba por la abertura del pijama y como la masajeaba verticalmente con una mano y con la otra, alternativamente, mientras mis dedos acariciaban los pezones y el clítoris.

01:59 "¿Y te acuerdas cómo te lo hice?, cuéntamelo"

02:00 "Me puse sobre ti y busqué tu coñito dulce, lo podía oler, estaba deseando comérmelo, pero antes tenía que abrirte, para que luego mi lengua pudiera acariciarlo sin trabas. Me puse sobre ti y mi polla buscó tu abertura, te penetré suave, eso lo sé y tu sentiste un dolor-placer inmediatamente, tuviste un orgasmo corto e intenso … "mi tensión subía con los recuerdos espoleados por sus palabras, mi dedo buscaba el interior de la vagina suave y cálida, húmeda y fogosa, a sabiendas que eso sería lo único que se llevaría por delante aquella noche " … te follé despacio, pero fue suficiente, volviste a tener otro orgasmo justo antes de que yo no pudiera aguantarme más y te eché todo mi semen sobre tu piel, caliente y dulce, manché tu estómago y tus pechos vírgenes hasta ese día … "

02:10 "¡Dios, cuánto daría por volverlo a vivir, a sentir esas gotas de calor sobre mi fría piel!"

02:11 "Podríamos intentarlo repetir"

02:12 "Si te tuviera aquí ahora mismo …"

02:13 "¿Qué?"

02:14 "Te arrancaría el pijama y me llenaría la boca con tu polla caliente y dura …"

02:15 "Mírala, aquí está toda para ti …"

02:16 "Hum, la siento como la tuve al día siguiente por primera vez dentro de mi boca, jugosa, juguetona, …"

02:18 "Siiiii, me acuerdo perfectamente ¡qué bien la chupaste para ser la primera vez!"

02:19 "Lo recuerdo …" estaba a punto de estallar, me moría de ganas, mis dedos se agitaban como locos sobre mi parte baja, entraban salían, estrujaban mi clítoris. Y con la otra mano me hacía los pezones o me chupaba los dedos intentando emular el sabor del sexo de Hugo.

02:21 "¡Me estoy poniendo a mil por hora, Anna!, dime más"

02:23 "Ahora mismo te la comería hasta hacerte gritar y luego te cabalgaría hasta sentir tu polla estallar y entonces, cuando estuvieras a punto de reventar, me dejaría correr hasta el éxtasis y justo antes de que te corrieras tu ...

02:24 "¿Quééééé ...??" me gustó hacerle sufrir, veía la desesperación es sus manos que apretaban su sexo, se había bajado los pantalones del pijama y con la otra mano se acariciaba y estrujaba los testículos y el perineo.

02:25 " ... entonces te volvería a tomar la polla entre mis manos y me la metería para que te corrieras en mi boca, sólo al principio, porque lo demás lo dejaría caer sobre mi cara y mis pechos ..." y Hugo emitió unos breves grititos y supe que se corría, lo vi en la pantalla, cómo su semen salía disparado y caía en cualquier sitio, los últimos reductos sobre su mano que se restregó por el vientre y eso ya no lo pude resistir, ver cómo su semen lucía entre su ombligo y su bello púbico ... y me corrí yo también, desbocadamente, alocada, como nunca lo había hecho, porque era la primera vez que tenía sexo a distancia a través de la web cam ...

- 0 - 0 - 0 - 0 - 0 - 0 - 0 - 0 - 0 - 0 -

¡Dios, cuántos recuerdos agolpados!. Hugo me llamaba desde el salón, así que dejé las cosas y salí en su busca. Nada más aparecer, comenzó a sonar una música dulce. Vestía un pantalón blanco ibicenco, el pecho descubierto que ya no era el de un adolescente, incluso se le adivinaba algún que otro michelín, pero no importaba. Yo tampoco era la cría que desvirgó en el chalet y había corrido también lo mío, así que mi cuerpo acumularía el esfuerzo. Me acerqué hasta él y aspiré su olor, me tomó de la mano y me besó dulce sobre los labios, sin apenas presionar. Puso en mi otra mano una copa de vino y me invitó a sentarme.

Comenzamos una larga charla sobre nosotros, que acabó derivando sobre nuestros gustos y aficiones, nada de trabajo, nada de familia ni de obligaciones, sólo de sueños y fantasías. Hugo hablaba y escuchaba y yo hacía lo propio, resultaba curioso, no estaba muy acostumbrada, generalmente los hombres hablan y hablan y te cuentan sus problemas como harían con una madre o con una esposa, pero no era así Hugo.

No me encuentro capaz de responder cuánto tiempo pasamos de esta forma, pero seguro que fueron horas. Acabamos con todas las cositas de picar y con dos botellas de vino. Hugo me tomó de la mano y me condujo a la terraza, la noche era fantástica, una luna brillante presumía de hermosa sobre la negrura, algunas estrellas la acompañaban en su caminar, la brisa era la apropiada para la ligera ropa que yo llevaba, apenas un salto de cama transparente. Puede que los vecinos, no muy cercanos pero que los había, pudieran verme, al contraluz mi silueta sería perfectamente distinguible, pero no me importaba en absoluto y creo que a Hugo tampoco le importaba. Tal vez su ego se viera engordado con esta circunstancia, no lo sé, no me lo parecía y hasta me habría decepcionado de ser así, pero a la mayoría de los hombres les encanta presumir "de caza" y yo era una pieza de alto voltaje. Por muy caliente que me sintiera, no aceptaba cualquier propuesta, siempre podía encontrar mejores formas de consolarme que soportar a un inepto sexual, un pervertido, un salido o un machito.

Pasaron las horas, hasta nos permitimos algún pequeño baile, rozamiento incluido, y algún beso inocente, sin estridencias. Compartimos las partes de nuestra vida que eran más íntimas. Y cuando sentí nacer el cansancio, o cuando intuí que las copas ya nos comenzaban a doblegar las fuerzas, tomé a Hugo de la mano y me lo llevé al dormitorio, al suyo, pues yo había colocado mis cosas en otro aparte. Como si acaso no supiera que iba a acabar entre las sábanas de Hugo, aunque hay que decirlo, para una mujer, las formas son las formas. Allí me colgué de su cuello y lo besé profundamente, mi lengua le penetró al segundo intento y él respondió con la misma lujuria, pero sin moverse de la posición. Tuve que inclinarle ligeramente y le tumbé contra la cama, pero enseguida me ganó la posición, me desvistió lentamente, contemplando mi cuerpo, besando cada poro de la piel y bajó hasta mi sexo, donde comenzó a moverse con parsimonia, adorándolo, mientras yo me revolvía en la cama. Fue una noche tranquila, sin ímpetus, esos ya los tuvimos a la entrada. Me corrí a base de su lengua perfecta contra mi sexo, disfrutando del orgasmo que da el clítoris solamente y cuando sintió que me había corrido, reclamé mi sabor en mi boca, entonces se subió y me besó, entregándome toda mi esencia en su lengua que me metió hasta el fondo. Noté cómo su sexo duro se arrimaba a mi cueva y la penetraba, estaba muy excitado y yo aún no me había enfriado, así que apreté mi vagina contra su pene y le hice yo el trabajo, sus besos reproducían lo que abajo pasaba. El pobre se corrió entre fuertes jadeos y promesas de amor, le sentí totalmente mío y me corrí por tercera vez esa noche, pero de una forma más íntima, más profunda, más solo nuestra.

Después de eso, nos quedamos dormidos abrazados, estábamos rendidos por el viaje, por haber madrugado y trabajado todo el día, por los polvos y por las copas. Puede que fueran las dos de la mañana, pero también que fueran las seis. Ni lo miré, ni Hugo tampoco, porque eso ahora no tenía importancia.

SABADO

Me gusta estar desnuda por casa, o a veces con las bragas solamente. Si viene alguien de confianza, me pongo un vestido directamente sobre el cuerpo, si no, procuro adaptarme a las circunstancias. Para el fin de semana me había llevado un par de una especie de camisones y otras dos camisolas más tupiditas, como de andar por casa, no sabía cómo iba a ir el tema, así que cuando me desperté y no encontré de Hugo más que el hueco, me decidí por uno corto y relativamente ajustado. Era muy cómodo, en todos los sentidos, marcaba la figura pero no apretaba, y era fácil de quitar, o descolgando las hombreras o levantándolo desde abajo.

No oía nada de ruido por la casa, así que me levanté. Al pasar por una ventana vi que Hugo estaba en la piscina nadando. No era el único, la mañana había entrado lo suficiente como para que los primeros vecinos bajaran a refrescarse. En la cocina había una mesa preparada con fruta, galletas y café. Dos tipos de leche, naranjas junto a un exprimidor eléctrico y tostadas de pan integral por si quería hacerme algo más. Tenía hambre, la velada había sido larga y desgastadora, tenía que reponer fuerzas pero no me apetecía realizar el esfuerzo de comer, me sentía satisfecha y compensada. Así que me preparé un café y tomé un par de galletas, no es lo que yo desayunaba habitualmente, pero también es verdad que no estaba en mi casa. No tenía los frutos exclusivos que compraba en aquel herbolario del centro, las semillas que usaba para esparcir sobre la mantequilla ecológica, ni la leche de almendras que ayudaba a engullir todo aquello. Pero eso no era importante ahora, total dos días no iban a cambiar mi metabolismo.

Empecé a recordar qué pasó cuando llegué la tarde anterior, como quien dice, hacía unas pocas horas, le vi asomarse entre la gente que esperaba la salida de los pasajeros en la terminal del aeropuerto, su gesto era desafiante, decidido, recorriendo los rostros de los que aguardaban, niños chillando, madres impacientes, abuelos nerviosos, amigos con pancartas, pero entre todo el jaleo, Hugo destacaba como un faro en la oscuridad, como mi faro. Lo distinguí en seguida, pero un cierto pudor incomprensible en mi, me hizo ocultarme entre la multitud que salía, tuve cierto miedo a verme decepcionada con el encuentro, a fin de cuentas llevábamos un tiempo hablando por la web, sí, nos habíamos visto y compartido sexo por la cam, pero nada era comparable a la realidad. Después de cada encuentro, desconectábamos y nos íbamos a dormir cada cual en su cama, con sus pensamientos y el buen recuerdo, o el remordimiento, no sé, a veces me parece que siempre había un componente morboso de culpabilidad, pero en cuanto podíamos, volvíamos a repetir.

Es siempre así, algo nos gusta, sabemos que no es lo que nos conviene, pero lo hacemos y repetimos. Es el instinto que nos manda y nosotras acudimos. Pero ahora era real, nos habían faltado olores y sabores en el ciber sexo, y ahora era tiempo de recobrarlos, guardábamos el recuerdo de nuestra adolescencia y juventud, más aquellos encuentros fugaces en nuestras vidas, pero ahora podríamos llevar adelante, cargados de la experiencia, largas horas de lujuria o hasta que el cuerpo aguantara. Hugo no era un hombre inexperto, tampoco parecía un aventurero, era mi Hugo, el de toda la vida, faltaba por demostrar si además de para un rato en la distancia, valía para citas más íntimas y más intensas, o solo para un polvo rápido. De momento la tarde noche la había superado con buena nota.

Hugo llegó hasta mi con una sonrisa amplia y deslumbrante, sin darme tiempo a soltar el troley al salir por la rampa del aeropuerto, me aferró de la cintura y buscó mis labios que me acababa de pintar para él. Noté el calor de su aliento y el de sus dedos contra mi cadera. Su otra mano viajó ciegamente hasta la mía y me tomó del asa de la maleta sin despegarse de mi. Sé que levantó muchas envidias entre el pasaje masculino presente, aún pareciendo inmodesta, estoy realmente buena y suelo vestir de una forma que lo demuestra inequívocamente. Y en esta ocasión, me había puesto realmente provocadora, con una falda ajustada y una blusa descaradamente abierta en el pecho, unos notables tacones y mis mejores maquillajes "de guerra". Hugo venía como si fuera a salir a una cacería en la selva, sólo que limpio e impoluto como un lord inglés. Se separó de mi muy despacio, mirándome a los ojos y con esa sonrisa descarada que tanto me apasionaba. Su mano bajó lentamente hacia mi trasero y se regodeo en sus redondeces, un ligero cambio de la expresión de mi cara le hizo comprender que tal vez no era la mejor manera de comenzar nuestro reencuentro a la vista de todo el mundo, más que nada por que había niños aunque a mi no me importaba que sus padres se murieran de envida o que las madres se murieran de ganas, pareció comprenderlo porque me dio un cachete y apretó su mano contra mi glúteo durante unas intensísimas milésimas de segundo, las que tardó en acabar de separarse y tomar la maleta como todo un caballero.

Me agarré de su brazo y caminamos por la terminal hacia el parking. Dentro del coche no pude evitar lanzarme bajo el influjo de sus ojos verdes y que me había despertado la libido con aquella caricia atrevida ante todo el mundo. Le besé profundamente y él aprovechó para alcanzar mi pecho, por encima de la camisa claro. Me magreó ligeramente, sopesó el volumen y el peso como con curiosidad científica y a continuación bajó hasta la falda y la subió lo poco que su ajustado diseño permitía. Pero fue suficiente para introducir sus dedos y descubrir que viajaba con un tanga, no había incómodas bragas, si no una pequeña porción de tela sobre el pubis brasileño que me había repasado esa misma mañana en Madrid "por si acaso", bueno, hubiera sido decepcionante que no llegara a exhibir mi pequeña obra de arte que Flora me hacía en su salón de belleza por una pasta gansa. No pude evitar un espasmo y mi mano acudió a su bragueta, donde investigué su anatomía. Allí estaba oculto aquello que me había desvirgado siendo una adolescente.

- Será mejor que nos vayamos o nos pasaremos el fin de semana en comisaría.

- Si, será mejor –dije.

Por eso cuando llegamos a su piso, apenas nos dio tiempo a cerrar la puerta cuando ya estábamos disfrutando del ansiado sexo.

- 0 - 0 - 0 - 0 - 0 - 0 - 0 - 0 - 0 - 0 -

- Un magnífico día –me sacó de mi éxtasis húmedo. Ante mi estaba Hugo, aún se le notaba el pelo mojado, lucía un bañador oscuro como única prenda, había arrojado la toalla y despojado del sueter. Me miraba desde sus ojos verdes y comprendí de dónde le venía el moreno, no necesitaba ir a la sauna, lo tenía allí mismo, en la piscina, pero es que el mar estaba apenas a poco más de media hora. Su torso aparecía brillante a aquella hora. Así que contemplándole, la humedad de mi entrepierna aumentó y quiero recordaros que me encontraba desnuda bajo la camisola que me cubría.

Hugo llegó sonriendo hasta mi, cogió algo de fruta y de pie a mi lado, comenzó a comerla con fruición mientras no paraba de mirarme profundamente y sonreír. Una gota del líquido resbaló por la comisura de su labio y fue a para sobre su pecho brillante y la gota corrió hacia abajo. Hugo me miraba, estaba de pie, como digo, muy cerca de mi, con solo estirar el brazo podía tocarle. Así que ¿a qué esperaba?, alargué mis manos hasta coger su culo y lo atraje hacia mi, aspiré la gota de almíbar que le bajaba por el estómago y subí con la punta de mi lengua hacia arriba recogiendo el resto, estirándome, pero no llegué a levantarme del asiento, quedé a la altura justa. Miré sus ojos mientras alcanzaba el principio de su bañador, lo bajé suave y lentamente, pronto apareció el cíclope mirándome, estaba adormilado, lo tomé en mis manos como un bebé delicado. Hugo volvió a coger otro pedazo de fruta fresca y se lo restregó sobre la boca, luego lentamente se lo introdujo y comenzó a masticarlo con fruición. Yo hice lo mismo, pero con su sexo que estaba ante mi creciendo muy lentamente, pero sin masticarlo claro. Ya con el calor de mi boca siguió creciendo, pero con más prisa, con la ansiedad del deseo que nacía.

Cuando estuvo dura y grande, miré a mi amante, sus ojos reposaban en el horizonte, mucho más allá de la ventana abierta, tal vez chocando contra la mirada aviesa de algún vecino o vecina que nos contemplaba desde su casa. No lo sé. No me importaba que me vieran, nunca perseguí ser una exhibicionista, tampoco me lo había planteado, pero me dio absolutamente igual. Supongo que mis vecinos, muchos de mis amigos y en mi círculo laboral, me tenían por lo que era, una mujer libre y segura que se follaba a quien le daba la gana, bueno, siempre no, pues aunque parezca extraño, aún hay hombres que no buscan sexo o que tienen sus parejas y no desean complicarse la vida, ni por una loca noche con una desconocida y menos con una compañera. Creo que la televisión ha hecho mucho mal contando historias de contagios y enfermedades que no son tan corrientes como dicen.

Pero eso da igual ahora. Hugo se estremeció de placer y su columna empezó a moverse rítmicamente para que ese pedazo de su cuerpo entrara y saliera de mi boca, mientras yo me espatarraba ansiosa de darle de comer a mi zona caliente. Apreté su culo e introduje mi mano en su raja, instintivamente apreté con mi dedo su ano y el perineo Se estremeció. Hugo no iba a satisfacerse sólo, aunque no sé si a mi me hubiera encantado por ese morbo de verle correrse y yo quedarme con las ganas, el caso es que no me dejó hacerlo. De repente me tomó y me levantó del asiento y me besó profundamente, sentí el sabor de su sexo recién salido de la piscina en mi boca y que se confundía con su saliva. Me alzó apoyó mi culo contra la encimera, rogué internamente que fuera tan resistente como parecía. Me dejó justo en el borde y sin dejar de besarme, me penetró cuanto pudo, que fue todo, pues ya me encontraba suficientemente húmeda. Respondía con un profundo quejido de placer a su envite, al que siguió otro más fuerte y otro y otro, estaba a cien por hora, mi rajita estaba completamente empapada y mi deseo se convirtió en un rápido orgasmo, por lo que le rodee con mis piernas para impedirle alejarse. Mis manos aferraron su culo de nuevo y lo apreté contra mi deseando que llegara hasta lo más dentro de mi cuerpo. Sentí cómo la polla de Hugo se erizaba si aún no lo estaba lo suficiente y le practiqué el masaje vaginal sin apenas moverme. Las piernas de mi amor se tambalearon, hasta yo misma lo sentí a través suya. Y de pronto la gran explosión interna, mis líquidos se enjuagaron con el suyo blanco y espeso. Apreté aún más, no quería que se escapara ni una gota y quería sentir toda la fuerza de su eyaculación contra las paredes de mi vagina, contra el principio del útero y hasta que me subiera a la garganta para sentir el salado sabor que invadía las papilas cuando se la chupaba. Perdí casi el conocimiento y Hugo también.

- Buenos días –me dijo el muy cabrón, cuando al cabo de unos segundos, sin separarnos aún, pudimos recuperar el aliento.

Sus ojos brillaban y mi cuerpo aún se bamboleaba. Con paso incierto pero cogidos de la cintura caminos hasta el baño. Él aún la tenía tiesa, aunque se había corrido, la erección no le bajaba tan rápidamente como otras veces. Por mi parte, me movía casi arrastrada por Hugo, pues aún estaba en los estertores del orgasmo.

La ducha lo admitía, así que nos metimos los dos juntos y desnudos. Comenzó entonces un baile de suaves y lentas caricias, donde el jabón jugó un importante papel con su espuma suave y aromatizada. Fuimos recorriendo nuestros respectivos cuerpos, lavándolos amorosamente, con delectación. Yo creo que ha sido la mejor ducha que he tomado en mi vida. Hugo recorrió cada centímetro de mi cuerpo con amorosa dedicación, limpiando los ocultos recovecos de cada agujero, por delante y por detrás, sin llegar a excitarme demasiado, sí consiguió que una cierta tensión mantuviera despierto mi cuerpo, sentí el suave placer de la caricia, era como una especie de orgasmo prolongado, sostenido, sin estridencias, cuando sus dedos se adentraron en mi coñito para limpiar hasta la última gota del esperma que acaba de echarme. Luego pasó a mi trasero, con la excitación que yo tenía, no le costó demasiado enlazar un punto con el otro y presionar ligeramente mi ano, con suavidad, sin forzar su apertura, pero si masajeándolo con delicadeza. Así sentí un placer tranquilo y sereno que me hacía vibrar, las piernas se volvieron débiles y él siguió jugando, cada mano en un agujero, hasta que me besó. Mis manos únicamente servían para apoyarme contra el cristal e intentar mantenerme en pie. Fue una sensación tan intensa pero tan tranquila, que no necesité gritar. Mi culo se abría suavemente a sus dedos empapados en jabón y al tibio agua que caía por mi espalda y por mi pecho. Mis pezones se volvieron grandes, mis manos buscaron también su ano y presioné con suma delicadeza, dejando que se abriera como el mío, lo suficiente para sentirlo y vibrar con él. No grité, no chillé, sólo jadee y me moví rítmicamente, más por intentar sostener en pie mi cuerpo que por que sus dedos me penetraran. Y él hizo lo mismo, no sabía que de mi trasero pudiera surgir un placer tan sostenido, tan dulce, tan intenso, apenas me lo abrió con un dedo, pero sin embargo, debía tener una especie de clítoris allí oculto porque tuve el mejor orgasmo de todo el fin de semana, porque no fue un flash, fue un orgasmo sostenido, no sé calcular ¿un minuto, tres, cinco? Da igual, me corrí suavemente y caí en sus brazos apenas sin aliento. Mientras le veía y mantenía apretado, sentí su verga dura y ansiosa, le sería imposible correrse, pero podría gozar de un orgasmo yo diría que de tipo femenino

Hugo me sostuvo y me besó con delicadeza. Ya puesta aproveché para meter la cabeza bajo el agua y eso que no quería mojar mi pelo, pero lo necesitaba. Tenía necesidad de vencer esos escalofríos que recorrían espasmódicamente mi cuerpo, que partían de mi ano y se distribuían como ondas eléctricas por todos mis músculos. ¡Dios, qué placer más intenso!. Nunca había sentido tan a fondo esa parte de mi cuerpo incluso a pesar de mi juguetito especial de dos puntas. Más de un amante había querido poseérmela, pero si no lo tenía muy claro, me cerraba como un mejillón, así que apenas dejé a nadie tomarlo, pero esta vez tampoco puedo decir que me hubiera penetrado, apenas lo había sentido. Y sin embargo supo combinar el masajeo anal con el de mi coñito y el espacio que hay entre ambos, apenas inexistente, pero que guarda secretos dignos de disfrutar. Mientras yo gozaba recorriendo con mi mano su verga de arriba abajo.

Me sentí algo recuperada, al menos para mantenerme a mi misma, sentía la verga de Hugo contra mi piel. Le volví contra la pared y volví a insistir en su ano, con la otra mano sostuve su pene que mantenía una buena hinchazón, estaba demasiado cansado para erguirse del todo, pero la excitación existía. Acaricié sus testículos y su entrepierna entera sin dejar de masajearlo por detrás, bajé con mis labios hasta allí y besé su agujero secreto, abrí sus glúteos para llegar más dentro. Su pene pujaba por estirarse, pero no podía físicamente llegar a su talla máxima. Estuve un buen rato, el agua ayudaba y volví a ponerme de pie, mi cuerpo contra su espalda, mi dedo penetrando el primer esfínter. A Hugo se le erizaban los pelos de todo el cuerpo. Le sentí vibrar, sollozar de placer y sus piernas temblar apretando su miembro contra los azulejos de la ducha, mi dedo en su interior y la otra mano en sus huevos o recorriendo su verga de abajo arriba. De repente, se quedó quieto y dio un gran espasmo, apenas echó un líquido muy suave por su pene, pero sentí que se corría de una forma distinta a como se había corrido las otras veces, había sido algo especial. Saqué mi dedo de su culo con delicadeza.

- 0 - 0 - 0 - 0 - 0 - 0 - 0 - 0 - 0 - 0 -

- Me gustaría enseñarte la ciudad. Además he reservado mesa en un restaurante donde hacen una merluza que es bestial. También tienes otros pescados si la merluza te parece poca cosa.

Le miré a los ojos ¿poca cosa?. Menos de veinticuatro horas y ya me había corrido cuatro o cinco veces ¿a quién coño le importaba una merluza?.

Apenas tarde media hora en arreglarme. Hugo aprovechó para recoger un poco los restos del desayuno. Luego me contó que aunque tenía una persona que venía a hacer las tareas, los fines de semana estaba libre y a él, la verdad, le gustaba en cierta medida mantener la casa.

- No me digas que eres capaz de limpiar, barrer, etc.

- Claro ¡y hasta de subir la tabla del inodoro cuando meo!

- Y reímos a conciencia de la oportuna ocurrencia.

Hacía un día espléndido, la luz de esta mítica ciudad es

inigualable, como dice la canción, en ciertos días del año. Y este era uno de ellos. Así que nos pusimos cómodos y salimos a descubrir rincones típicos y disfrutar de nuestra felicidad ¿Debíamos estar cansados?, por supuesto, pero todo el mundo sabe que hay ciertos estados emocionales que superan el cansancio físico y lo sustituyen y compensan por una euforia desmedida. Este era nuestro caso. Hugo me llevó paseando a ver rincones muy típicos que cualquier turista querría conocer, pero también a lugares menos transitados de esos que se aprenden con el tiempo. Junto a unas murallas, un músico callejero interpretaba canciones como si fuera el propio autor. Por allí cerca había un gradería y la gente descansaba de sus paseos o entretenían el tiempo sentados, algunos escuchaban y nosotros también lo hicimos, escogimos un rincón y nos dedicamos a contemplar el arte natural de aquel hombre. Con su guitarra nos hacía viajar a través del tiempo y del espacio hacia otros instantes de nuestra vida, hacia otros lugares remotos, pero todo resultaba placentero. El estado emocional de ambos, nos permitía adentrarnos en nuestros silencios sin necesidad de más. Sólo las manos permanecían como nexo entre ambos, de una forma natural. No puedo decir que sintiera un amor idílico, ni un éxtasis místico cogida de la mano de Hugo, no puedo afirmar que sintiera nada que no fuese una placidez absoluta, una especie de seguridad en mi misma. Y creo que él también estaba en esa línea, disfrutábamos del momento, de la música, de la luz, del ambiente y de las emociones vividas, ahora calmadas, en las últimas horas. Y no necesitábamos nada más.

Al final acabamos comprando lo dos discos que vendía el músico callejero. Si hubiera tenido más, seguro que también se los hubiéramos comprado. Esas canciones archiconocidas, seguro que escuchadas un tiempo después, en nuestras respectivas casas, no hubieran tenido la misma magia, pero ese día constituyeron todo un hito en nuestra historia, un paraíso que como todos los paraísos, no son eternos, pero que nos inundó de felicidad, era lo que necesitábamos y las casualidades se alienaron para que se produjera el momento. No hizo falta apenas decir nada más para continuar nuestro camino.

A la hora acordada estábamos ante la puerta del restaurante, cerca del río, tanto que cuando entramos dentro nos encontramos tras una amplia cristalera que parecía volar sobre la orilla. Barcos de paseo y turísticos navegaban ante nosotros, enfrente la ciudad vieja dejaba asomar sus almenas antiguas, insinuaba las murallas que un día la defendieron y que ahora eran atractivo turístico. Pronto fuimos atendidos y nos trajeron unos aperitivos con productos de la tierra mientras preparaban el sabrosísimo pescado ¡qué otra cosa mejor comer allí!. Un curtido camarero nos desbrozó la pieza y se llevó todas las espinas, así que pudimos comer sin preocuparnos de nada. El vino corrió generoso, otras dos botellas pero de uno blanco que también era de la zona, ideal para acompañar los frutos del mar. Y luego un generoso postre de la casa y un magnífico café. Teníamos muchas fuerzas que reponer.

Hablamos de nosotros, de nuestras aficiones y nuestros gustos. Sacamos a relucir nuestros conocimientos sobre la historia y el arte. Hugo conocía bien la ciudad y me explicó muchas cosas, incluso me rompió algún mito que yo tomaba como cierto. Quizá fue la compañía y la situación, pero comencé a amar aquel lugar. Me sentía en un paréntesis de mi vida.

Ya estaba todo recogido en el restaurante, fuimos los últimos en salir. Hugo dejó una buena propina para que al menos los camareros se sintieran compensados por la larga espera. Paseamos nuevamente, pero el cansancio comenzaba a reflejarse en nuestro rostro. Tomamos allí mismo un coche de caballos para volver a casa. Resultaba extraño ver el carruaje fuera de los lugares habituales del circuito turístico, pero Hugo supo entenderse con el cochero, demostrarle que era una situación especial. Y nos llevó hasta la esquina de nuestra calle. Subimos a nuestro refugio, la tarde se había vuelto algo soporífera, así que pedí que me dejara un momento para acomodarme a la vivienda. Aproveché para lavarme un poco y ponerme cómoda con mi segundo camisón, pero conservé la ropa interior, no la misma del paseo, claro, que no conviene dejar a la gravedad tanto tiempo lo que puede ser motivo de caída. Tardé un rato en volver al salón, me quería poner muy sencilla y a la vez presentarme seductora ante él. Hugo había hecho lo mismo, vestía con un pequeño pantalón blanco y una ligera camiseta, esperándome con una copa en la mano en el sofá. Bebí un largo trago, la verdad es que tenía sed. Nos sentamos muy juntos en el salón, mirando al horizonte luminoso que se adentraba tras los cristales de su piso, sin decir nada y como si hubiera un mayordomo listo para todo, comenzó de nuevo la música, era el artista callejero al que habíamos comprado los discos. Hugo había puesto uno de los CD´s en el aparato de música.

Sin besarme ni decir nada, comenzó a desnudarme lentamente, recreándose. Cuando estuve en ropa interior, admiró mis formas, pero no se detuvo ahí. Tomó el sujetador y lo sustrajo con suavidad, besó mis pechos libres, su lengua humedeció mis pezones, comenzando un leve cosquilleo en mi piel. Sin dejar de jugar con los dedos contra mis rosadas redondeces, fue descendiendo con los labios a mi vientre, me impulsó a ponerme de pie ante él. Alcanzó el borde de encaje de mis braguitas. Sus dedos acudieron a mis caderas y tomaron la tela hacia abajo, mientras su boca se acercaba sigilosa a mis zonas inferiores.

Sólo hacía poco más de cuatro horas del último polvo en la ducha y ya estábamos otra vez.

Poco a poco me despojó de las bragas y su nariz se impregnó de mi aroma. Entonces, desnuda como estaba, alzó la mirada para verme desde abajo y me llevó sobre el sofá donde me tumbé. El se arrodilló y abrió mis muslos, abrió mi sexo que ya temblaba con la promesa del beso, que se cumplió. Su boca se integró contra mi raja, su lengua recorría cada pliegue y sus dientes mordisqueaban levemente mi clítoris excitado. Mis manos acudieron a mis pezones, que retorcí con pasión. Hugo me estaba llevando al éxtasis y así fue. Tras el continuo masajeo, el sabor del aire cálido, la música ligera, la bebida contundente y, sobre todo, la lengua de mi amante, me corrí enseguida con la dulzura de sus besos sobre mi carne más débil, con el pellizco de mis propios dedos sobre mis pezones. Me dejé caer por la cuesta que lleva a la locura y me rendí al orgasmo como el que me hubiera proporcionado mi vieja amiga cuando hacíamos el amor las dos solas, boca contra clítoris, labios de boca contra labios de rajita. Hugo tenía una lengua doble que sabía mover como una experta amante, y sabía dar esos besos secretos que las mujeres recibimos con pasión. Solo quedaba llenarme de mi propio sabor y también eso supo hacerlo. No a todas las mujeres les gusta, pero a mi me encanta sentir la boca ajena sabiendo a mi propio cuerpo, me prolonga el éxtasis que justo acaba de correrme, que me besen los mismos labios que me han hecho correrme y degustar mi sexo en el sabor de mi amante.

Hugo me movió ligeramente para que no tuviera las piernas colgando. A continuación se desnudó y comprobé que su miembro estaba enhiesto como una bandera al viento, fuerte y desafiante, mirándome ardiente desde su atalaya. Se tumbó a mi lado y me besó en el cuello, jugueteó con mi oreja y se posó sobre mi boca. Pero la caricia no era gratis, sentí como se giraba y se situaba sobre mí, cuando quise hablar, noté su polla dura penetrando en mi coñito aún húmedo. Sentí un latigazo por todo el estómago. No comprendía, no podía ser, ya me encontraba lista para volver a correrme de nuevo, pero apenas hacía unos segundos que lo había hecho. Y así ocurrió, tras unas breves embestidas de Hugo mi calor aumentó incontrolable, me faltaba el aire, creía volverme loca. Muy pocas veces en mi vida me había corrido más de un par de veces al día, pero ¿varias en cuestión de horas?, nunca. Hugo empujaba en la posición del misionero que, en contra de lo que la leyenda dice, sí es placentera cuando corresponde utilizarla y esta era una inmejorable ocasión. Mi deseo se desbordaba, hasta que estallé en un éxtasis absolutamente abrumador mientras mi amante mantenía el ritmo profundo, anhelante, clavándome toda la verga hasta donde pudiera llegar. Y de repente, cuando creí volverme loca, se salió rápido, lo que me produjo un nuevo y espectacular orgasmo.

Estaba como loca, acababa de correrme dos veces seguidas, pero aún no parecía estar satisfecha. Tan solo unos segundos y me lancé sobre él. Le giré en el sofá y me agache hasta tener su polla ante mi boca. Era genial, hermosa, gruesa, dura, ardiente, a punto de desbordarse.

La introduje hasta la campanilla y succioné con pasión. Mezclaba el juego de dedos que tanto gusta a los hombres sobre el glande mientras le chupaba por los lados del pene, con las sacadas y metidas rápidas en mi cavidad, hasta lo más que podía. Me encantaba chuparla, siempre me había gustado, pero Hugo se lo merecía por lo que me había hecho gozar ese día. Entre lengüetazo y mamada pude notar cómo su tensión aumentaba, cómo estiraba las piernas y le hice saber que podía correrse dentro de mi, que no me importaba, es más, me encantaba. Le llevé al éxtasis y cuando noté que ya no podía más, apreté la cabeza de su enorme aparato y me la metí succionando cuanto pude. Un manantial de líquido pastoso salto sobre mi paladar y mi campanilla, casi me dio una arcada, pero tragué y tragué rápidamente para recoger todo el líquido. Al final me quedé con un poco en la boca y le miré mientras lo restregaba por mi cara. Sé positivamente que eso le encanta a los hombres, a mi también y ver la cara que tienen en ese instante, aún más.

Después de eso, nos dormimos.

- 0 - 0 - 0 - 0 - 0 - 0 - 0 - 0 - 0 - 0 -

Que te despierten con pequeños e insensibles pellizquitos y muchos besitos por el cuerpo, dulces, tiernos, subiendo lentamente por tus piernas, sobre la pequeña seda que te cubre para que las corrientes del mar no te enfríen, luego sobre la cadera, el pecho, llegar al cuello y mojarte los labios, es un lujo casi de esos asiáticos. Es un despertar de ensueño, como pasar de un cielo a otro aún mejor, abandonar el mundo de fantasías y entrar en otro de sentidos. Hugo estaba mirándome, estudiando mi sonrisa y mojaba ligeramente con los suyos mis labios. Su mano acarició la seda que me cubría, la arrastró y descubrió mi piel ligeramente erizada (piel de gallina la llaman), el entorno de mis braguitas y el comienzo de mis piernas.

- Quizá sea un poco tarde para ir al teatro, pero tenía entradas –dijo. Pegué un salto.

- ¿A qué hora es?

- A las 10

- ¿Y que hora es?

- Las 9,30

- ¡Imposible!

- Te lo juro –le miré con los ojos abiertos como un búho.

- Imposible arreglarme y que lleguemos, aunque sea poniéndome unos vaqueros y la camiseta …

- No importa

- Caramba Hugo, sé que te vuelve loco el teatro, lo siento …

- No te preocupes, ya se nos ocurrirá algo …

- Te compensaré.

- No hace falta. Lo has hecho ya.

- ¿Llevas mucho rato levantado?, ¿es que no estás cansado?

- De ti no –me envolvió con sus ojos verdes ¡qué cabrón!

¡cómo sabía usar sus armas!. Volvió a besarme suavemente en los labios –He pedido al restaurante de abajo un menú especial para dos amantes atormentados de tanto amarse ...

- ¿Dícese follar?

- No me ha parecido correcto darle tanta información al chef, pero ese era el sentido, sí.

Me reí con ganas ¿qué otra cosa podía hacer?. Me trajo una copa de champan fresco y dulce, estaba exquisito y mi garganta estaba seca de dormir.

- Tendría que ducharme, tanto si vamos a salir como si no.

- No vamos a salir, he pedido una cena especial y luego vamos a disfrutar del teatro.

- ¿Aquí en casa?

- Tu y yo, solos, seremos directora y actor, y viceversa. Guionistas, público y productor. Nos lo montaremos a nuestro aire. Luego te enseño qué más he traído.

Me daba pánico pensar, mejor no hacerlo. Me fui a la ducha, mi cuerpo estaba ansioso de agua que me aplacase el ardor que sentía por dentro. Mi entrepierna se quejaba levemente, junté las rodillas ¡al fin podía!, creí que habían cogido la forma como un jinete. El agua tibia y el champú me producían un extraño placer, dilaté el momento cuanto pude. Mi piel estaba suave y brillante, me miré al espejo, la verdad es que, sin falsas modestias, me conservo estupendamente bien. Debe ser la ajetreada vida y la alimentación muy cuidada, no soy especialmente de hacer gimnasia, pero me gusta caminar. Comencé a arreglarme con mucha parsimonia, estaba tan absolutamente satisfecha y feliz que el tiempo no existía, de esas veces que te pierdes contigo misma porque no hay nada más que te distraiga. Bueno, escuchaba a Hugo trastear por ahí, pero no me llamó. Respetaba mi momento. Miré mis pechos, estaban preparados para recibir su lengua. Me abrí de piernas y me miré al espejo, sonreí y me acaricié ¡cuántas veces lo había hecho para darme placer!, tantas como noches no encontré la compañía adecuada, para consolarme y sentirme mujer. Unas veces era una paja rápida, otras me demoraba en mí misma, hasta que no me sentía completamente satisfecha no daba el último empellón y me corría. Castigador y pollón eran mis dos juguetes, castigador tenía dos medidas, una por delante y otra por detrás, para reforzar y ayudar a pollón a dominar mis deseos. Y pollón tenía vida propia, con sus dos pilas se convertía en casi un ser vivo que ahondaba en mí o me ronrroneaba el clítoris hasta el éxtasis. Pero ahora no era el momento, simplemente estaba saludando a mi lugar feliz, que estaba haciendo horas extra aquel fin de semana para hacerme dichosa a mi. "No creo que a la vuelta pueda ni saludar a castigador ni a pollón", me dije.

Me puse una bata transparente que había traído expresamente, una especie de tul suave que dejaba a las claras lo que cubría. Los pechos desnudos listos para que la brisa erizase mis pezones y los dejase traslucir. Las braguitas de color carne, sería necesario acercarse para verlas, pues así parecía que iba completamente desnuda. Hugo me esperaba.

- ¡Guau, qué detalle! –ahora me toca a mi.

Se dirigió al baño, quería afeitarse y arreglarse un poco, me dijo. Me serví algo de beber y salí al balcón. La brisa lejana del mar lamió mi cara y revolvió mi camisón. Sobe la tumbona se estaría de lujo. En los bacones de enfrente alguien miraba con avidez mi figura marcándose al contraluz de la claridad que salía del salón. Le dejé mirar. Estaba contenta, así que le dediqué algunas posturitas de regalo. Esa noche o follaba o lo iba a pasar mal, pobre diablo. Me sentía perversa y desvergonzada. No pude evitarlo, me lo figuré tocándose y me entraban ganas de reírme. Tal vez tuviese pareja, mejor así.

Sonó el timbre de la puerta. Hugo no podía salir, pero le avisé.

- Abre tu, amor, seguro que es la cena. El chico lo dejará todo colocado. Sobre la mesa hay una propina generosa, dásela.

Abrí la puerta y allí estaba el camarero. Casi se le cae una bandeja al verme. No quise cubrirme con nada, así que estaba prácticamente desnuda ante él, con toda la tela transparente y la luz. Le vi dudar y hasta empezar a sudar. A veces pienso de mi que soy demasiado perversa. Hablamos lo justo y le pedí que me siguiera. Sentí sus ojos en mi culo, que además hice por bambolear un poquito más de lo normal. El pobre chaval puso la mesa sin dejar de mirarme de reojo mientras yo ponía posturitas en la puerta dela terraza, de frente y de espaldas, le sonreía al volverme, ¡pero qué mala malísima soy!. Cuando le entregué la propina, el pobre estaba empalmado o en un principio de estarlo. Me reí al cerrar la puerta.

- ¿De qué te ríes, amor?,

- De nada, cosas mías.

Hugo apareció en ese momento completamente arreglado, sobre la mesa se extendía una orgía de platos de moluscos e invertebrados de mar, con una frescura apabullante. Casi parecían hablar. Tomé una ostra y la regué de champan, estas cosas me vuelven loca, me la tragué de un solo bocado. Y besé a Hugo con el sabor a mar en los labios. Sé lo excitante que resulta.

Nos sentamos a la mesa y compartimos bocados entre gamba, buey diluido en albariño, una cigalita y algo de carne de pata rusa, que él me proporcionó en sus dedos, los cuales chupé con fruición incluso una vez que se había acabado. Su sonrisa combinada con los ojos verdes, me hacían temblar hasta el carnet de identidad, que no sé ni dónde estaba, ni me hacía falta ni me importaba.

La cena fue extensa y gratificante, al acabar, nos levantamos y salimos a la terraza. La noche se había apoderado del cielo, la gente paseaba por la calle aprovechando el sábado. Hacía un tiempo magnífico. Preparé dos copas para ambos. Hugo bebió un largo trago.

- Tengo algo para ti- dijo sonriendo pícaro. Dejó la copa en la mesita y se fue dentro del piso.

Hugo apareció en la puerta, el pecho descubierto, la ligera pancita apoyada sobre un brazo cuya extremidad se escondía a su espalda.

- ¿Qué es? –le miré intrigada.

Hugo levantó el brazo y de su mano colgaban unas esposas y un antifaz, me fijé que en la otra traía una especie de fusta. Una cosa os digo, jamás que veáis a un hombre con tales artilugios aparecer, os quedéis a averiguar qué quiere hacer con ellos, salvo que tengáis un conocimiento anterior de él o se lo hayáis pedido por anticipado, puede ser un pervertido. Hugo lo era, pero adorable. Aquellos artilugios tenían magia. No soy una dama sadomaquista, ni me entusiasma el bondage como práctica, pero tiene un cierto atractivo de sumisión que me encanta, he de confesarlo, lo que ocurre es que puede resultar un juego peligroso, pues no sabes hasta qué punto la otra persona es masoquista o sádica. Así que conviene tener un conocimiento o unos antecedentes para no llevarte desagradables sorpresas. No siendo así, chicas, no lo practiquéis con desconocidos, pero os juro que es una delicia. A pesar de lo cual, insisto, lo he practicado muy poco.

Hugo caminó hacia mi. Mi sonrisa estaba congelada en un gesto de temor, sabía quién era, pero a pesar de eso ya os he dicho que hay que cuidarse de con quien se hace. Su sonrisa se hizo aún más pícara y más dulce, sus ojos me penetraron con descaro. Se acercó hasta depositar su mano en mi cintura, la dejó bajar por mi espalda hasta mi culo y la separó para darme un ligero azotito. Mis pestañas resbalaron sobre sí mismas, mi cara debía ser de ingenuidad total. Entonces tomó mi muñeca y me puso una de las esposas, la otra la mantuvo en su mano. Suavemente me empujó hacia la terraza y al darme la vuelta volvió a golpear mi glúteo. Pero no salimos, me dejó al contraluz en la puerta.

- Ahora te estarán viendo desde las terrazas de enfrente, tu camisón se trasparenta al contraluz y define tu figura – me tomó de la barbilla desde atrás y dirigió mi cara hacia donde me decía –Mira ¿ves ahí arriba?, alguien está mirando –y volvió a golpearme mientras su boca se hundía en mi cuello.

Poco sabía él lo mucho que llevaba "sufrido" el mirón de enfrente y el camarero del restaurante de abajo. Con lo machistas que son los tíos, le acababa de convertir en el héroe sexual de todos los hombres de la ciudad, porque seguro que el rumor ya estaba corriendo como la pólvora por todos lados. Sólo que Hugo no se había comido una ficha, sino veinte y además, no lo había contado.

Un respingo recorrió mi columna vertebral y me erizó los pezones. Me subió la mano esposada a lo largo de la espalda hasta producirme una pequeña molestia. Con la otra me agarraba la barbilla, su cuerpo se pegaba al mío por atrás. No estaba demasiado excitado, aún su hombría no apretaba mi culo. Volvió a golpearme. Entonces me hizo girar y se enfrentó a mi, dejando que la cortina cubriese la vista del mirón. Hundió su lengua en mi boca y tiró de la esposa, se apretó contra mi y la mano libre me dio otro azote que me produjo un placer callado, solo el bote que di y el ligero estremecimiento lo rebelaron. Hugo me besaba con intensidad, deseaba comerme la boca entera, se le notaba el ansia. Los efectos estimulantes del marisco iban a ser ciertos.

Tomó mi otra mano y la acercó al pequeño grillete, creí que me lo iba a poner, pero en vez de eso, lo dejó frente a sus pantalones y se desabrochó la bragueta. Mi mano sabía qué hacer y se introdujo en ella. Entonces volví a sentir otro azotito y mi culito se puso respingón, por lo que recibió otro premio, más sonoro esta vez. Hugo se soltó de mi y me llevó al respaldo del sofá, esta vez si cerró la otra esposa sobre mi muñeca libre e hizo que apoyase ambas sobre la cabecera. Mi cuerpo quedó arqueado, con el culo en pompa, dedicándole todo el trasero a mi amante, que aprovechó la ocasión y me brindó dos azotitos, uno a cada lado como si fueran dos chufas. Mi cuerpo se estremeció.

Pasó su lengua por la espina dorsal, dejando un fuerte rastro de saliva, mientras espaciaba los toques a mi trasero que, a buen seguro, ya estaría ligeramente coloreado. Su lengua siguió bajando y sus manos golpeándome, pero suavecito, no como en esas películas que parece que quieren matar a las chicas, claro que eso es porno y esto es sexo real. Por eso digo que hay que saber con quien te juntas, puede ser un loco que se ha creído todo lo que sale en pantalla e intentar hacer cosas que, en realidad, son dolorosas para la mayor parte de las mujeres.

Hugo bajó hasta el inició de la raja de mi culito. Entonces dejó escurrir saliva y lo abrió, de forma que me empapó todo el hueco y llegó hasta el ano. Es una sensación extraña pero a la vez placentera. Hugo besó las rojeces de mis carrillitos, dedicándoles suavidad para calmar su excitación, mientras su mano estrujaba el otro lado. Luego se cambió. Y al cabo de un rato, su mano se dirigió hacia el hueco sagrado. Sabía que estaba de rodillas en el suelo por la posición de su cabeza al besarme. Sus dedos juguetearon en la raja y volvió a derramar saliva por ella que esta vez ayudó a que se concentrara en el sitio adecuado, empujando con la punta de la lengua. Sentí cómo abría mi culo y su boca me practicaba el beso negro. Luego se separó y mientras acariciaba mis rojeces con sus labios, volvió a golpearme los glúteos alternativamente uno u otro subiendo la intensidad, fueron cuatro o cinco a cada lado y con la mano libre masajeaba el centro exacto, hasta que uno de sus dedos, húmedo, intentó entrar en el hueco. Mi cuerpo se estremeció al abrirse ligeramente, mientras mis piernas hicieron un amago de fallarme. No podía llevar mis manos, estaba esposadas. Me revolví ligeramente.

Él se levantó besando mi espalda. Tomó la venda y la puso sobre mis ojos. Ahora no veía. Hundió su boca en mi cuello y apretó mis pechos, dio un ligerísimo golpecito sobre mis pezones que se erizaron aún más de lo que estaban. Mi trasero se movía rítmicamente a un lado y otro sin yo darme cuenta. Me azotó un poco, con suavidad, con la fusta. El leve dolor se convertía en placer en décimas de segundo. Su dedo volvió sobre mi agujero negro y esta vez si venció la resistencia sin apenas esfuerzo, estaba totalmente vencida y preparada. Posó la otra mano sobre mi pelvis y comenzó a bajarla hacia la raja reina de mi cuerpo. Su dedo se regodeó sobre el botón de oro, entonces la otra mano abandonó el culo. Sentí cómo se bajaba el pantalón y sentí como su verga se arrimaba hacia él, mis labios mayores y menores destilaban la miel sobre sus dedos y la punta de su capullo que se bañó un momento en el manjar, para así presionarme desde atrás con más diligencia. Su glande penetró con relativa facilidad y suavidad en mi trasero, ayudado por una buena cantidad de lubricante, mientras su dedo estimulaba mi clítoris, sus dientes mordían los lóbulos de mis orejas y luego su lengua corría por la espina dorsal superior o sus labios se enterraban en mi cuello.

Se detuvo del suave mete y saca un momento que aprovechó para azotar mis glúteos y un gritito se escapó de mi boca cada vez que me golpeaba. Sentía una confusa sensación entre el dolor y el placer. Me tenía totalmente dominada, estaba a su disposición, en esto consistía el bondage suave, no había daño, sólo una leve molestia que se convertía en goce por la fuerza de la pasión desatada. Mis piernas temblaban y me costaba tenerme en pie. Su pene comenzó a moverse ligeramente, dolía a cada milímetro que entraba, pero al tiempo el gusto lo vencía, su mano trabajando, la otra con los pequeños azotes y la lengua y boca destilando amor. Sentí que mis ojos se nublaban, mi voz salía rítmicamente de mi garganta, atolondrada, descontrolada. Mis piernas se movían solas arriba y abajo. El cuerpo de Hugo iba dejando su sudor contra el mío con un aroma arrebatador. Sentí que llegaba, sentí que me entraba como un latigazo de corriente, por el dedo gordo del pie y hacia explotar mis tobillos, el fuego, una cerilla encendida, ascendía por el centro de mis piernas y los cohetes volaban entre mi entrepierna y mi culo abierto a Hugo. Había allí un punto de locura que me estaba llevando a un momento inigualable, tal vez irrepetible, que me derretía por dentro volviéndome loca. El estómago se me daba la vuelta, los pechos los tenía hinchados y los pezones parecían balas a punto de salir disparados. La boca se me estaba quedando seca con la fuerte respiración, los profundos jadeos, o tal vez eran gritos, aún no lo sé. Los ojos en blanco y la cabeza a punto de estallar, mi cerebro era transparente en ese instante. Ni siquiera sabía si aún se nos veía desde las terrazas de enfrente.

Hugo empujó un poco más, era imposible que pudiera entrar un solo milímetro más y como si me hubiera comprendido se detuvo, sólo se movió un poco atrás y a los lados y estallé en una estampida de búfalos, con la misma fuerza del rugido de un león o el barritar de un elefante. Con mi cuerpo arqueándose entre el dolor y la pasión, gozando como en la vida lo había hecho, temblando como un lirio ante la brisa vespertina en la orilla del río. El impacto eléctrico se desplegó por mi cuerpo, me hundí, me caía y mi coño soltaba agua como si fuera la fuente de una plaza de pueblo el día de la inauguración. Me caía, no me podía sostener, prácticamente estaba sostenida en la media verga que Hugo mantenía dentro de mi culo, pero la iba sacando poco a poco, con algún azotito que otro, que avivaban mi placer y mi gozo, hasta que se salió entero y me sostuvo con sus dos manos mientras yo daba espasmos incontrolables. Como pudo me arrastró al sofá y me sentó, era como una muñeca de goma que da ligeros botecitos. Entonces lo vi, llevaba un condón puesto, no me la había metido a lo vivo, y sentí una pasión aún mayor por él.

Tardé en recuperarme unos minutos, incapaz de moverme. Hugo me miraba sonriente, aún tenía la bandera en alto, pobrecillo, no se había querido correr para aguantarme hasta el final. Si hubiera tenido cuerpo me habría lanzado sobre su enorme polla y me la habría comido entera, pero era incapaz, no podía apenas moverme. Hugo me echó el chal por encima y me trajo una copa, de la que sorbí un poco de güisqui. Estaba fresco y entraba bien, me ayudaría a recuperarme, seguro. ¡Dios, qué corrida!.

- 0 - 0 - 0 - 0 - 0 - 0 - 0 - 0 - 0 - 0 -

- Te querré toda la vida

Me limité a mirarle, era incapaz de leer en mis ojos. Los hombres son así. ¿Toda la vida? ¿y si mañana me moría?, poco me hubiera querido entonces. Yo prefería decir "te querré hasta el fin" ¿el fin de qué?, me preguntaría entonces él, "el fin del amor". Y ahora sería él quien se quedaría pensado. Y se lo tendría que explicar: "te querré hasta que te deje de querer, hasta que el amor se acabe".

Los hombres son muy básicos amigas ¿a qué sí? Están continuamente pensando en la princesita de los cuentos, esa majadera que espera en la ventana de la oscura torre a que llegue él a liberarla, pero ¿de dónde viene el príncipe?, pues de ponerse mazas en el gimnasio para presumir, sin percatarse que el principal músculo no se ejercita en el gimnasio precisamente. Al menos el músculo que más nos gusta a nosotras, que en realidad no hemos sido raptadas por el pobre e inocente dragón, si no que hemos venido a zumbarnos al guardián del castillo, el que canta eso de "sueña el rico en su riqueza, ... que los sueños, sueños son".

Bueno pues con merluzos de príncipes he chocado yo a raudales. Cuando era jovencita descubrí que hacían trucos para luego "mantenerse en forma con la novia". Los había que se iban de putas un día antes. Los había que se la cascaban pensando lo que le harían y luego ya no tenían fuerza para casi nada. O los que se corrían tras tocarte las tetas. Una pena. Y la princesita, encantada de la vida, todo se lo disculpaba al príncipe y a esperar a la próxima vez, a ver si ya ... ¡Una mierda! ¡aquí se folla a las diez, esté el nene o no esté el nene!. Porque siempre que un hombre folla, dos mujeres lo hacen también. Lo que pasa es que nos empeñamos en buscar el hombre de nuestra vida, cuando en nuestra vida no hace falta un hombre, en la suya sí es necesaria una mujer. Cuando seamos capaces de controlar esta realidad, seremos las dueñas, ahora para ellos sólo somos reina, princesa o cariño. No ven más allá.

Se puede vivir sin un hombre, os lo digo yo. No los necesitamos salvo para procrear y hasta para eso ya hay soluciones, lo que pasa es que los científicos que lo han descubierto son hombres y no les interesa, es lógico, no van a reconocer su invento y publicarlo para que al llegar a casa, hasta sus sufrientes esposas los manden a tomar por culo. Pero es que hasta para el placer nosotras somos mucho más completas, tenemos montones de lugares erógenos donde irnos poniendo y acrecentar la pasión, puntos exclusivos para hacernos volar, sólo necesitamos controlarlo. Además os confieso, yo que lo he probado, que el sexo con otra mujer es apasionante, demoledor, tiene su limitación, es verdad, que el Inventor de esto ya hizo las formas para alcanzar situaciones incomparables, pero también es cierto que la sensibilidad de una mujer nada tiene de competencia más que en la sensibilidad de otra mujer. Sus caricias son distintas y llegan en el momento adecuado siempre, al sitio correcto y con la entrega suficiente. Sus dedos siempre serán generosos, sus labios se posaran en todas partes, su intimidad se estrujará contra la otra intimidad sólo cuando haga falta. Las mujeres sabemos amarnos y sabemos amar, a los hombres se les gradúa en función de cómo de amantes sean.

Pero yo no sé por qué os cuento esto ahora, si se supone que estoy dormida, abrazada a mi chico, después de una experiencia bondage que me ha dejado el culo como la bandera de Japón, pero bien, intensamente placentero. Lo malo ha sido él, que se ha quedado con la bandera a toda vela, pero es que he perdido todas las fuerzas y mírame, ahí estoy, tirada en el sofá durmiendo como una grulla vieja, quejándome de vez en cuando, mientras me echo mano al trasero. Y él, pobrecillo, espatarrado en el otro sofá, con la copa en la mano y viendo una peli en la tele. Joder, son las 3 de la madrugada, pelis antiguas y en blanco y negro. Me mira, pobre. Está desnudo y la hinchazón ya se le ha bajado, pero tiene los huevos gordos, eso es que no se ha corrido, mejor, me preocuparía que se hubiera hecho una paja mirándome. No me hubiera importado, la verdad, tampoco sería el primero, ni viéndome dormir desnuda tampoco, pero Hugo no. Ahí está, míralo, se le cierran los ojos. ¡Ah, se tumba!, está cansado, pobrecillo.

Me duermo dentro del sueño que estoy teniendo, debe ser un viaje astral de esos que llaman, pues me veo a mi misma y todo lo que pasa a mi alrededor. Esto es una novedad. Hugo se levanta, viene hacia mi, me coge en brazos ¡qué hombre!, me lleva a la cama, se acuesta a mi lado y me abraza. Con suavidad, mi amor, no tengo yo la matrícula para muchos golpes.

Hasta mañana, mi vida, me has vuelto loca otra vez. Te compensaré, pero ya sólo nos quedan horas.

DOMINGO

Os voy a descubrir un secreto, un hombre que se ha acostado con un tremendo calentón, toda la noche está soñando con sexo, así que es casi seguro que se levante con el semáforo al rojo y los huevos como dos globos. Y así era. Hugo estaba tendido a mi lado, cubierto por las ligerísimas sábanas de raso, se le adivinaba desnudo y totalmente armado, un "presenten armas" que diría un militar. Aun debía de soñar con mi culo abierto de hacía unas horas. Tal vez tardó en dormirse y seguramente con un buen dolor de testículos. De hecho se le notaban cargados. El sol ya asomaba por la ventana del salón, entraba por la terraza. Iba a ser un día precioso y merecía un amanecer dichoso. Así que me lancé antes de que se despertara con la claridad, estiré levemente de la sábana que se fue deslizando por su cuerpo, su piel se erizó levemente y el pene quedó casi enhiesto mirando a la lámpara del techo. A los hombres hay varias cosas que les encanta, sobre todo si se lo hacen, pero una de ellas es despertarse con una buena mamada.

Me incliné sobre su cuerpo y besé su glande con suavidad, no quería despertarlo hasta que no estuviera completamente listo. Pasé mi lengua por su agujerito en todo lo alto, luego fui bajando alrededor de la cabeza hacia el cuerpo duro y suave. Una gran vena lo sostenía firme. No era una polla de esas llenas de venas y rugosa, ni torcida ni ladeada, muy gorda por arriba y delgada en el mástil, ¡no!, era un buen aparato, suave, dulce y equilibrado, con un aroma muy particular a cuerpo cuidado y mimado. Su glande estaba grande, se sostenía sobre un buen vástago de piel rosada y una sola vena que la mantenía con fuerza. Así que me iba a llenar toda la boca, pero yo aún no quería metérmela.

La besé con suavidad y aferré su base con mi mano. El calor y la delicadeza acabaron de estirarla. Mis labios iban abarcando más carne cada vez, mi mano se movía muy despacio arriba y abajo. Luego rocé mis dientes contra su sexo. Lo hice tan lentamente que Hugo no se despertó aunque comenzara a moverse y gemir ¿estaría soñando que se la mamaban?, ¡qué cosas!. Para que no sintiera la sensación del frío de mi saliva secándose en su piel, fui abarcando con mi boca más espacio, hasta que llegué a metérmela muy dentro, primero la cabeza, luego el vástago hasta la garganta. Iba muy lenta, pero él sí lo sentía, se movía arriba y abajo de forma acompasada. Mi mano dejó de aferrar su base y se paseó por sus testículos, sopesándolos, estrujándolos, conectando con el perineo. Mi boca empezó a succionar muy suave y a llenarse de su calor.

Hugo se estremecía más, incluso ya jadeaba, cuando sentí su mano sobre mi cogote, empujándome la cabeza para que me la metiera entera, hasta la campanilla. O estaba dormido profundamente o era un gran actor. Me obligaba a más y más y comencé a tragar saliva para dilatar mi garganta. Lo quería profundo y lo iba a tener profundo. Hundí su polla en mi boca y chupe con ansia, volcándole todo el calor de mi interior sobre su glande, sobre el cuerpo tan ardiente y sentí sus jadeos que iban a más. Sus caderas no paraban, su respiración era intensa. Le miré en un esfuerzo por respirar una bocanada con naturalidad y me encontré con sus ojos abiertos que me miraban ansiosos, con su boca entreabierta que jadeaba y supe que aquello no iba a durar mucho, así que me empleé a fondo.

Recorrí con mi lengua todo el miembro dándole bocaditos y lamiendo con ansiedad. Luego mi boca en la cabecera, apreté mi mano sobre la base y me la empujé como el que se come una porra toda entera y comencé un vaivén in crescendo sobre su polla. Hasta el fondo, afuera, hasta el fondo, afuera, ... y su aparato ya no me cabía de duro y fuerte que estaba. Sentí cómo arqueaba sus rodillas y su cintura, como se volcaba sobre mi sin soltarme, oí sus quejidos y luego su gritito y sentí toda la fuerza del semen contra mi garganta, contra mi paladar y en la puerta de mi boca, que se llenó y empezó a derramarse por la comisura de los labios. Hugo pegó un brinco y quedó como hundido, estaba deseando soltarlo desde la noche anterior y por fin había podido hacerlo. Hizo bien en no pajearse, porque entonces este momento no hubiera sido igual. Amantes tuve que lo hicieron y luego, a la mañana siguiente, todo un fracaso.

No podía hablar, tenía la boca llena de su semen. Solo le miré, me acarició la cara y me introdujo un dedo en la boca. Le hice una insinuación con la cabeza y él afirmó con la mirada. Entonces dejé caer todo el líquido de mi boca, cayó sobre mis pechos y al final fue a parar entre su ombligo y su polla que se recogía tímida como un caracol asustado. El líquido blanco quedó allí como prueba de lo que había pasado, o obstante y como sabía que a los hombres eso también les encantaba, mostré un poco que me había quedado en la boca e hice que me lo tragaba y luego volví a enseñarla la cavidad para que pudiera comprobar que efectivamente me lo había tragado. Estaba un poco cachonda con todo, pero no me atrevía a hacer nada más, prefería esperar, ahora para él iba a ser poco menos que imposible y a mi me convenía darle un respiro a mi rajita, que llevaba dos días muy intensos y se me podía "deformar". Así que me tumbé sobre su cuerpo y me restregué para que el semen nos manchara a los dos por igual.

- Eres impresionante –me besó.

Y dejamos que pasase un tiempo prudencial de recuperación, sólo mirándonos y sonriendo, antes de irnos a la cocina a desayunar.

- 0 - 0 - 0 - 0 - 0 - 0 - 0 - 0 - 0 - 0 -

- ¿A qué hora sale tu vuelo?

- A las 5, llego a Madrid sobre las 7 y en casa estaré a las 8 más o menos. Justo para deshacer la maleta y prepararme para el día siguiente.

- Ojalá hubieras cogido el de las 7.

- No había, o a las 5 o ya a las 12 de la noche. Y no me parecía bien llegar a las 3 a casa. Me levanto a las 6

Hugo me miró, se le veía triste. Pero era inevitable que me marchara.

- Siempre nos quedarán las redes sociales …

- O la casualidad

- De todas formas, ambos lo tenemos claro ¿no?, sólo es un fin de semana.

- Por supuesto, nos teníamos muchas ganas …

"…tejidas una noche tras otras en la web" siguió diciendo. Nos teníamos muchas ganas, demasiadas. No recordaba tanta pasión en ninguna otra aventura. Fueron varias las amigas que me hablaron de este ímpetu los primeros tiempos del matrimonio, incluso del noviazgo. Alguna lo disfrutó en una aventura ocasional, incluso alguna, cuando ya estaba casada y el paso de los años trajo la monotonía a su cama y con su marido. Porque no nos olvidemos, cada vez que un hombre tiene una aventura, es porque encuentra una mujer con la que tenerla y, por supuesto, no son tantas, porque si hiciéramos números, con la cantidad que se cuentan o aún peor, que se imaginan, saldríamos a más de dos de media cada mujer, dado que hay menos mujeres que hombres. Y esto no es así. Los hombres, difícilmente van a tener sexo con otros hombres, entre las mujeres es mucho más corriente. Si, puede que te sorprenda, pero nosotras sentimos más la cercanía, la suavidad, necesitamos más el tocar y sentir. A los hombres les entra por los ojos, a nosotras por el tacto. Es normal ver a mujeres juntas del brazo o incluso de la mano, hombres no. Los hombre se dan la mano, a las féminas nos dan dos besos, entre nosotras también. Somos muy distintos.

Pero no penséis que estoy en una guerra de sexos, para nada, me encantan los hombres y de las mujeres, sólo puedo hablaros de mi amiga, ha sido con la única que he tenido relaciones íntimas, sin embargo de hombres, guardo un buen número de conquistas. Pero no somos como ellos, a nosotras no se nos ocurre coleccionar pelos del pubis o calzoncillos ¡qué asco!. Ni siquiera fotos, aunque una buena polla en una fotografía, mejora la imaginación en esos ratitos que nos gusta disfrutar de nuestro cuerpo a solas. Una vez con Amalia probé a poner una porno de un trío, dos mujeres que se lo montaban entre ellas, se puso cachondísima viéndolas, y de repente aparecía un galán muy bien dotado, pero Amalia se lanzó como un águila a quitar la película. Se ofendió muchísimo, ella sí era un poco radical para el tema macho. ¡Qué le vamos a hacer!.

- Te acordarás de mi y ya está, pero pronto encontrarás a otras con las que montártelo.

- Por supuesto Anna, nada de enamorarse, en eso quedamos.

- Bueno, creo que voy a ir haciendo la maleta, no sea que luego …

- No, espera, siéntate. Ahora que estás conmigo, quisiera recordar tantas cosas que nos han pasado.

- Nunca me has contado tu primera experiencia con la vecina.

- No nunca, pero no fue una sola vez, fueron varias – "cuéntame", dije recostándome en sus piernas. –Casi no recuerdo su cara o quizá es que le he puesto otra que me convenía más. Era bastante más mayor, vivía sola no sé por qué, pero hizo migas con mi madre y me dejaba a su cuidado cuando tenía que salir y yo no quería acompañarla. Como siempre ocurre, era una tarde calurosa, mi vecina estaba con el camisón y aquella ropa interior tan poco inspiradora, hoy en día, pero entonces yo ya estaba con las hormonas disparadas y sí que me fijé. Esto es una clara prueba de que el instinto es más poderoso que nada, pues cualquier indicio nos conduce al mismo final, el deseo se alimenta de imaginación y se realiza en la consumación, tanto física como mental –le miré.

- Qué filosófico -dije, sonrió el muy hijo de puta.

- Sigo. Para abrir la puerta se ponía una bata, pero en casa, confiada conmigo, se quedaba con la combinación sólo. Estuvo hablando del colegio, de cosas de mi edad y me dijo "anda bribón, que tienes que tener ya hasta novia, que estás muy grande y muy guapo", me sonrojé y ella lo notó. No paraba de mirarle el escote a escondidas, pero se debió dar cuenta, porque me miró con una expresión pícara "tu ya vas sabiendo mucho". Después de comer, se retiró a su habitación, como siempre, dejó entornada la puerta para que corriera el fresco. La vi quitarse el camisón y quedarse en bragas y sujetador, se refrescó el cuello y el pecho, luego se fue a la cama y se tumbó. Yo la miraba desde la rendija de la puerta, estoy seguro que se dio cuenta. Al cabo de un rato se levantó y se puso la bata, sin combinación y vino hacia mi, traté de parecer que no había visto nada, pero ella lo sabía "¿tu no te echas la siesta?, que luego estás muy mohíno". Me tomó de la mano "anda, ven para acá". Y me llevó hasta su cama, "hay sitio para los dos, túmbate" me dijo y yo lo hice. Me quedé boca arriba, sin atreverme a mirarla más que de reojo, se abrió la bata, sentí que se dormía, me dio la espalda y sentí su respiración profunda, me volví a mirarla y estaba en todo su esplendor, la penumbra de la habitación me animó y la rocé con mis dedos. Se volvió dormida, o eso parecía, extendió su mano que se posó sobre mi estómago, fue cayendo inocentemente hasta detenerse en el bulto de mi calzoncillo. Ya era un adolescente y aquello empezó a coger un cierto tamaño al calor de su mano. Ya sabía lo que era hacerse una paja y lo había practicado, en grupos de amigos o en solitario. La vecina aferró más mi pequeña verga y comenzó a mover la mano despacito, sin abrir los ojos, arriba y abajo. Me bajó el calzoncillo y siguió jugando, pero sin brusquedades ni grandes aspavientos, entonces volvió a girarse y con su mano arrastró mi cuerpo contra el suyo, se giró del todo de nuevo y su estupendo culo quedó a la altura perfecta, me obligó a pegarme a ella y, con total demostración de experiencia y conocimiento de lo que hacía, tomó mi pollita y la acercó a su coñito, estaba empapado y no tardé en metérsela impulsado por sus manos que me empujaban posadas en mi culo. Fue ella la que se movió, jadeó y cuando se corrió, se quedó como dormida. Pero no, ahora sí se volvió con los ojos abiertos "pobre Huguito, ¿no te ha gustado?" y volvió a cogérmela, cierto que yo no había eyaculado, seguro que más por la impresión que por otra cosa, pero el caso es que ella me la agarró y se agachó para chupármela, lo que hizo un rato, hasta que me corrí, se apartó para que no le callera nada y dirigió el chorro sobre mi cuerpo. "¿Te ha gustado?" asentí "pues no se lo digas a nadie y habrá más veces". Así fue, lo repetíamos siempre que nos quedábamos solos, que fueron bastantes ocasiones, pues a mi madre le gustaba salir y además, estaban cambiando los muebles de casa y no hay nada más insoportable que un adolescente que no quiere ir de compras, pudiendo dejarlo al cuidado de la vecina ¿qué mejor?. Ella me lo enseñó todo, con el fin de acomodarme a sus gustos, pero con la ventaja de que aprendí a amar a las mujeres y satisfaceros, aún con renuncia a mis urgencias.

- Bonita historia.

- ¡Es totalmente cierta!. Tu no sabes lo que yo maldije los muebles nuevos cuando los trajeron por fin, estuve a punto de romperlos.

- Y te creo, no he dicho otra cosa. Hasta te diré que me la creo por que no has intentado quedar como un héroe, te ha bastado con contarme la historia y nada más.

- Gracias. Entonces te confesaré que para satisfacer mis instintos cuando ya tenía los muebles en casa, nos inventamos unas clases de francés, idioma que la vecina hablaba muy bien, solo que el francés que praticábamos no era el de Francia, si no el otro, en el que ella era una gran experta.

- ¡Qué guarros!, ya te has cargado el encanto.

- Jajajaja, al final mi padre creo que se mosqueó y todo acabó cuando la vecina de fue del edificio.

- Y comenzaste a matarte a pajas …

- ¡Muy bien!. En compensación, no te voy a pedir que me cuentes tu primera experiencia, porque esa me la conozco, pero sí la primera que tuviste no siendo conmigo.

- Ya te la conté.

- ¿Ah, si? ¿cuándo?

- Una de esa noches, por el chat ¿no te acuerdas ya? … Fue mi primer "dedo"

- 0 - 0 - 0 - 0 - 0 - 0 - 0 - 0 - 0 - 0 -

22,00 "Hugo, ¿estás por ahí?"

22.20 "Aquí estoy, esperándote"

22.25 "Pues para estar esperando has tardado un poquillo"

22.30 "Ya sabes ..."

22.40 "Estuve viendo fotos de cuando éramos unos críos, no tengo muchas, pero algunas he encontrado"

22.44 "Hummm, me las tienes que pasar"

22.46 "Claro que sí. Es increíble. Hay una de la pandilla en el chalet aquél ¿te acuerdas de ese fin de semana?"

22,49 "Por supuesto que me acuerdo: te desvirgué ... ¿por qué eras virgen, verdad?"

22.52 "Si, lo era, lo sabes de sobre, pero ¿y si no lo hubiera sido?"

22.56 "No hubiera pasado nada, lo importante es lo que ocurrió. Yo apenas tenía experiencia, sólo con una persona lo había hecho antes, pero me enseñó bien. Tenía poco más de 40 años, era una vecina, vivía sola y pasaba mucho tiempo en casa. Yo creo que le gustaba mi padre y lo hizo por venganza, o por consolarse, no sé"

23.13 "Cómo sois los hombres ¿y si simplemente le hubieras gustado?, seguro que eras un quesito para ella y se lo quiso comer, pero mira, era lo suficientemente consciente de lo que quería y lo iba a conseguir".

23.16 "Si, creo que es un pensamiento recurrente en los hombres. Además, mi padre estaba muy chapado a la antigua. Olvídalo"

23.18 "Cuéntame ¿qué sentiste aquella noche, Hugo?"

23.22 "¿Con la vecina?, jajajajajaja, nooooo, ya sé que no

te refieres a esa noche." ….. "tengo un recuerdo lejano, es extraño. Te veo junto a mi y siento tu calor, luego todo sucede demasiado rápido y mezclo fantasía, no reconozco tu cuerpo, no lo veo, sólo lo siento, el calor de tu sangre en mis dedos, el calor interior cuando la introduje …"

23.25 "Yo sí me acuerdo, de todo, lo tengo grabado. Las mujeres somos más coherentes, apreciamos más los detalles. Y eso es lo que recuerdo más intensamente, los detalles. Me acariciaste al principio con miedo, luego te fuiste animando. Sentía una dureza pegando en mi cadera, algo que no conocía, caliente y dura, de eso me acuerdo perfectamente y del hormigueo que me corría por el cuerpo. Era una niña, pero ya tenía reacciones de mujer"

23.30 "Uf, no sé cómo me pude contener, me apretaba el pantalón y estaba deseando sacarla, aunque sólo fuera por la comodidad de que no estuviera ahí encerrada."

23.32 "Recuerdo cuando te la toqué por primera vez, era tan impresionante, no me imaginaba nada igual. Solo una vez, unos días después en casa ya, cogí una salchicha blanca que se había puesto dura y volví a tener esa extraña sensación. Volví a recordar aquella noche mirándola y el rubor subió a mi cara, mi cuerpo comenzó a inquietarse demasiado viéndola."

23.36 "¿Si?, qué interesante, cuéntamelo Anna"

23.37 "¡Morboso!. Era una sensación extraña, notaba que mis braguitas se estaban mojando, tomé la salchicha sin que nadie me viera y me encerré en mi habitación, nadie me necesitaba en ese momento. La puse sobre la cama y me quedé mirándola y me imaginé que era tu cosita, se parecía en cierto modo. La acaricié soñando que se pondría aún más dura y más recta, como la tuya era entonces, delgada pero dura y recta. Me lo imaginé tanto que comencé a recordar cada detalle, cómo te la acariciaba, con qué temor y con qué curiosidad. Cómo luego te echaste sobre mi, los dos desnudos y cómo me la metiste, muy poquito y me salió sangre, pero no sentí apenas dolor, en contra de lo que contaban mis amigas que a ellas les había pasado, incluso muchos años después sigo conociendo mujeres para las que la primera vez fue traumática, es lo habitual, pero para mi no lo fue gracias a ti"

23.59 "Más bien gracias a mi vecina, pero ahora no vamos a pensarlo, sigue con lo nuestro, por favor"

00.03 "... bien, recordé la segunda vez que lo hicimos al día siguiente y cómo ocurrió todo, volví a revivir el calor que sentí en mi entrepierna. Sin darme cuenta me abrí sentada como estaba en la cama y comencé a acariciarme, pero muy poco. Recordando la sensación de tu piel caliente sobre la mía, mis manos que recorrían tu espalda, tus brazos y que alcanzaron tu culo, me fui animando y me tumbé, comenzaba a sobrarme la ropa, sentía un calor que no hacía en realidad, pero como llevaba falda, sólo tuve que subírmela por encima del estómago y bajar un poco las bragas ..."

00.16 "... aquellas bragas blancas típicas que siempre recordaré ..."

00.18 "Las llevábamos todas las niñas iguales. Eran los tiempos que corrían. Pues bien, me las bajé un poco e introduje mis dedos hasta mi rajita que parecía que se estuviera licuando por instantes. Sentí tu cuerpo que se inclinaba sobre el mío y aquella dureza posarse sobre mi estómago, mis manos recorrían tu espalda, estaba descubriendo tu cuerpo y no tenía corte de nada, te acaricié el culo y apreté tus glúteos y al hacerlo, obligué a tu cuerpo a aplastarse contra mi y mi tensión subió. Igual pasaba con el recuerdo, mi pequeña rajita se iba llenando de agua y mi tensión subía, comencé a jadear con el miedo de que entrara alguien o me oyeran al pasar por la puerta. Pero no podía parar, mis piernas temblaban al ritmo de mi dedo, que recorría los labios de mi coñito y buscaban el clítoris. Y recordé que tu me acariciabas los pechos, así que yo hice lo mismo con mi otra mano, me los acariciaba al tiempo que me masajeaba abajo, ¿te lo imaginas?"

00.38 "¿Qué si me lo imagino?, ¡mira cómo me estás poniendo!"

00.40 "Ya lo veo, ahora está mucho más grande, te la veo y me encanta. ¿Sabes que mientras te cuento esto, también me estoy haciendo una paja por que recuerdo perfectamente la primera que me hice?"

00.42 "Te creo totalmente, pero no pares, la tengo a punto, jamás me había excitado de esta forma"

00.44 "Bueno, eso no me lo creo, pero sigamos. No podía parar, así que horadé mi vagina y descubrí sus formas más ocultas, me metí hasta dos dedos, mientras el pecho me destilaba ese sabor agridulce y tierno de la juventud. Ya no pensaba en nada, solo en darme placer, un placer que me subía por las piernas hacia el pubis y se concentraba en mi triángulo, el estómago temblaba. Fue una procesión de gozo y convulsiones, la primera vez que me corría sola, lo tuyo también fue una corrida, pero más corta. Ahora estaba siendo intensísimo, no sé si llegué a levantar la voz, quizá la prudencia me pudo y me bloquee a mi misma, pero recuerdo que sudaba y sudaba mientras que me corría, mis dedos girando dentro y fuera, un impulso eléctrico recorriendo mis venas, la mente velada y en blanco, descubrí el placer de mis pechos y mis pezones en punta, todo se fue concentrando en el botón oculto de mi rajita casi virgen y .... aaaaahhhh ... me corrí ... como ahora ..... mismo .... Hugooo ... "

01.01 "No puedo .... ahora no puedo .... me voy a correr .... mi amor .... "

01.04 "Quiero verlo, quiero ver cómo lo echas ... aaaaaahhhh ..... me voyyyy ....."

01.05 "... vale, mira .... "

- 0 - 0 - 0 - 0 - 0 - 0 - 0 - 0 - 0 - 0 -

- Y nos corrimos a la vez ¿te acuerdas Hugo?

- Si, nos corrimos, como tantas veces. Tenía tantas ganas de ti, que ya el sexo virtual no me sabía a casi nada.

- Pero el primer encuentro tampoco fue bueno.

- Nos teníamos demasiadas ganas, corrimos demasiado ...

- "Nos corrimos demasiado" querrás decir más bien, pero es que el viernes nos pasó lo mismo. Lo primero, nada más entrar por la puerta, follamos como desesperados. Bueno, me follaste como un desesperado.

- ¿Y tu?, jajajajajaja. Bueno, luego lo hemos mejorado.

- Varias veces

- Y ahora me has vuelto a poner

Le miré, su pantalón estaba abultado ¿cómo podía ser?, tal vez el estímulo de la niña que se hace una paja por primera vez. Tal vez porque esa podía ser la última. Me levanté y fui a por el. Lo besé como el día del reencuentro, metiéndole la lengua hasta el fondo de la garganta. Y con la urgencia del amante le desvestí sin dejar de comerle la boca. Hugo luchaba por lo mismo, me bajó las bragas y me quitó esa especie de camisón. Fuimos dando tumbos por las paredes hasta el dormitorio y lo tiré contra la cama. Me puse encima de él y busqué con la mano su magnífica polla que ya estaba tiesa como un palo. Me la metí en mi ansiosa rajita, estaba muy caliente y muy mojada, no sé cómo era capaz de empaparme tanto después del fin de semana que llevábamos, como tampoco podía comprender de dónde sacaba la fuerza Hugo, tampoco teníamos ya veinte años.

Me puse a horcajadas sobre su pubis y busque que me la metiera hasta bien dentro y comencé a saltar sobre él, apoyada contra su cuerpo, fijé el rumbo y el ritmo, me estiraba y me encogía, arrastraba mi pubis por el suyo para que el roce recayera sobre el clítoris, aprisionado entre su cuerpo y su polla que estaba dentro de mi. Es una postura que me encanta, porque controlo al hombre, yo decido el ritmo, yo decido la intensidad. La mayoría se corren sin saberlo y eso aumenta la inmensidad de mi goce, luego quieren arreglarlo, pero ya sólo consiguen una pequeña satisfacción, muy dulce por cierto, pero yo, hasta que no me corro, no me bajo. Y reboto cuanto haga falta para conseguirlo, el orgasmo es intensísimo y rápido. Bueno para un aquí te pillo, aquí te mato, pero de las mujeres.

Así que me follé literalmente a Hugo. Y a él le gustó, exhaló un suspiro cuando se corrió, aunque aún quería más, pero yo estaba hasta dolorida, me quedé seca, fue la primera vez en todo el fin de semana. Así que me apee y le acaricié la polla, estaba gorda, pero no era el mástil que había sido, no obstante, me la metí en la boca. Sabía a mi y me gustó ese sabor, que ya conocía. La primera vez que lo probé fue cuando me acosté con mi amiga Amelia, ella me comía el coño y luego me besaba, mientras que me hurgaba con maestría allí abajo, así que mi tensión subía y la sensación se convirtió en "intensamente placentera". Ahora era la morcillita de Hugo la que sabía a mi. Algo debía de quedarle en algún recoveco de los conductos, porque me echo un líquido blanco pero muy poco espeso en la boca, era como una leche desnatada y aguada, pero a él le dio un puntito de placer.

Permanecimos abrazados un buen rato, pero la hora se acercaba peligrosamente. Así que me levanté para ir a la ducha y él se quedó mirándome mientras acariciaba su verga suavemente, no pretendía nada, sólo la estaba consolando por el esfuerzo, como se hace con un perrillo fiel. Cuando me acabé de duchar, Hugo se había marchado a la cocina y preparaba un piscolabis, eran las 3 de la tarde casi. Hice mi maleta, no sentía pena, estaba tan llena de sexo, besos y placer, que casi me alegraba de marcharme, para poder descansar, para poder mantener las piernas cerradas más de cuatro horas seguidas. Aun sentía el culo dolorido por la intensidad del sexo de la noche anterior. No hacía ni veinticuatro horas.

Comimos y reímos un rato. No quise que Hugo me acompañara al aeropuerto, me empeñé, no sabía si iba a resistir la despedida.

Tomé un taxi y desaparecí. Ahí acababa el fin de semana. La historia de los tres días de Anna y Hugo. Pero no la historia en sí, porque aún quiero daros alguna que otra alegría más.

- 0 - 0 - 0 - 0 - 0 - 0 - 0 - 0 - 0 - 0 -

Las mujeres en general, pero las atractivas en particular, siempre tenemos el hándicap de nuestra propia belleza. Algunas veces nos facilita ciertos trámites una sonrisa a tiempo, un botón desabrochado de la camisa, … otras veces nos causa algún problemilla con algún moscón … en fin, una cosa por la otra. Y en los viajes, siempre hay algún "caballero" dispuesto a serlo cuando la dama parece merecer la pena. La mala suerte de mi compañero de viaje fue que esta dama aquí que os habla, marchaba ahíta de sexo y tan solo quería cerrar los ojos y descansar, pero por lo visto el capullo de turno, machito ibérico, no se daba por enterado e insistió en hablar. Lo típico, trabajo en tal o cual, y es curioso que ninguno trabaja limpiando baños o poniendo ladrillos, como si eso disminuyera nuestro interés por el varón. Cuando un "machito" ve una hembra, lo primero que hace es intentar deslumbrarla con un trabajo liberal, de alto nivel, o algo muy "in". Así que como esta dama, que lo soy, se conoce el percal, comencé por hacerme la tonta primero y la deslumbrada después, lo que me valió que me invitara a un güisqui. Y luego, respondiendo a su ansiedad, le conté de dónde venía, solo que yo, a diferencia de él fui casi sincera, bueno, le conté que era una mujer casada pero insatisfecha y que había ido a conocer a un gigoló que me hizo pasar un maravilloso fin de semana donde había recuperado los años perdidos en el sexo. Ya sabía la reacción que le iba a provocar ¿por qué casi todos los hombres se creen que ellos si van a satisfacernos eternamente. ¡Son unos capullos! Y el papel de caballeros andantes lo tienen tan entronizado que lo sacan al mínimo estímulo.

Y añadí algún detallito, como que me dolía el trasero por la intensidad del aparato del muchacho, para subir el tono, lo cual era prácticamente verdad. El hombre no sabía dónde meterse y su imaginación corría más que el avión. Pude ver cómo iba al servicio al cabo de un rato de silencio, debió estar meditándolo, según él por una necesidad puntual, según yo, porque ese "paquetito" de la bragueta, estaba pidiendo guerra. Supongo que era un poco mequetrefe o más consciente de lo que yo suponía, pues me extrañó que no me pidiera acompañarle al baño o echarnos la manta sobre las piernas, para "jugar" por debajo. No, no lo hizo y eso le salvó, porque le iba a liar una bronca tremenda ¡de agárrate y no te menees!. Sin embargo, a la vuelta se tomó un segundo güisqui que le dio fuerzas para entregarme su tarjeta. No ponía nada, sólo su nombre, un triste título de "asesor" y un móvil. Supongo que estas son las tarjetas preparadas "para por si cae alguna futura cita" en algún viaje, y ¿quién sabe? tal vez le llame para saber más de él. Aparte guardará las otras tarjetas, las profesionales y luego estarán las familiares, con nombre de la esposa, el domicilio y el teléfono fijo. En fin, una historia más y es que las películas porno han hecho mucho daño mostrando inocentes pasajeras que se pirraban por los machos pelo en pecho y se dejaban follar bajo una manta o en el servicio del avión.

En un viaje observé un joven muchacho que entablaba conversación con una joven muchacha que estaba sentada en el asiento a su lado. Todo el tiempo fueron charlando de forma cordial, se veía que era el muchacho el que llevaba el peso del diálogo, pero parecía que intimaban. Mi viejo instinto me advirtió que algo había allí raro, a pesar de sus sonrisas y aparente complacencia. Efectivamente, cuando salimos al recibidor tras aterrizar, otra joven e igual de atractiva joven se abalanzó sobre la que salía, dándole dos profundos besos en la boca. La cara del pobre muchacho era un poema, aunque al final, le presentó a su amiga. Lo curioso es que se fueron los tres juntos. ¡Quién sabe!, quizá mi instinto no llegó a captar todos los matices.

Aunque no siempre es así. La gracia de un encuentro casual, directo, sólo para sexo, también enriquece, incluso puede llegar a descubrirte novedades que no sabías ni que existían. Y fue justo lo que pasó en una de esas aventuras que tienes sin saber cómo ni por qué. No era especialmente guapo ni tenía un atractivo destacable, tampoco fue la voz, pero algo me atrajo de él. No era la típica hora del ligoteo, fue una tarde cualquiera, ya ni me acuerdo cuándo, en una gran librería a la que había ido aburrida en busca de algo que leer. Pero sentí que algo me atraía de aquel muchachito de pelo castaño y ojos tristes. Y me acerqué como un felino hacia su presa, la típica conversación sin sentido, de compromiso, fuimos a tomar un café en el propio sótano del local, donde había un pequeño espacio y poco más, hacía demasiado calor.

- Eres una mujer atractiva, cualquier hombre al que hables se sentiría atraído por ti.

- Puede que sí, a veces es peligroso hablar con desconocidos, se piensan lo que no es.

- ¿Y por qué me has hablado?

- Me pareciste interesante y tengo ganas de charlar con alguien sin que me tiren los tejos.

Así continuamos por un rato, en un momento su mirada comenzó a ser más intensa y comprendí porque me había lanzado a abordarle en aquel lugar han anómalo para comenzar una conversación. Eran sus ojos, algo había en ellos y en sus manos, que me habían atraído sin saber porqué.

Salimos de aquel local y comenzamos a caminar por la Gran Vía, es el lugar perfecto para ser anónimo. Hacía calor también en la calle. No sé cómo ocurrió todo, tal vez me invitó y yo acepté, pero acabamos en su apartamento, daba igual, se había adelantado, pues estoy segura de que si no me lo hubiera propuesto él antes, lo habría dicho yo, lo habría traído a mi casa, cosa que nunca me ha gustado hacer en la primera cita, pero que si era necesario, prefería pagar un hotel.

Continuamos una amena charla. De las paredes colgaban algunos cuadros al carboncillo, siempre con una mujer disfrutando de sexo. No era la misma, abarcaba todas las razas, a veces eran dos que compartían placer o a veces se insinuaba mediante trazos muertos la presencia de un varón. Me llamó tanto la atención que no pude evitar que se diera cuenta.

- El goce de la mujer no tiene igual, su intensidad y su variedad es absoluta y da cien mil vueltas al del hombre, mucho más concentrado.

No podía ser más cierto. Mis capacidades sexuales me habían llevado a conocer muchas formas de placer y, dentro de eso, decidir cuáles me gustaban más y cuáles menos, también alguna que no quería volver a practicar, pero sobre todo, saber variar de vez en cuando con lo que me apetecía o con lo que adivinaba que mi pareja ocasional podía proporcionarme. El mundo del sexo es un mundo infinito casi, pero los tabús, la educación, la religión, el miedo a enfermedades, no nos dejan desarrollarnos y perdemos una de las capacidades por la que nuestros cuerpos pueden darnos los mayores placeres y más baratos. Le pregunté según íbamos revisando los cuadros y me habló de diferentes formas y estilos que yo ya conocía, fue abriendo el campo, me di cuenta de que iba estudiándome a medida que introducía variantes y posibilidades, pero todo lo que me dijo lo había practicado, algunas cosas una vez nada más y descartándolas a continuación porque no me gustaron, como os digo, o eligiéndolas en otras.

- ¿Y el puño?

- ¿Qué puño?

Tonta de mí, creí que me hablaba de uno de esos juguetes que te masajean el ano, la vagina y el clítoris al mismo tiempo. Tenía uno, era mi juguete secreto, normalmente tenía bastante con pollón y castigador, pero cuando me sentía muy ansiosa, cogía éste que no le había puesto nombre, sus crestas y vergas de goma iban incorporándose al juego del placer en función de mis necesidades y su ritmo era frenético, me hacía vibrar entera y llegaba a perder el sentido de a qué atender primero. Me sacó de mi equívoco cuando me mostró su puño cerrado, con el anular asomando tímidamente entre el índice y el corazón, me refiero a los dedos, claro: algo había visto en alguna peli, pero no podía imaginarme lo que en realidad era.

- Todo lo que se necesita es que el hombre sepa hacerlo y que la mujer se abandone. ¿Te gusta gritar normalmente?

- Si, pero ….

- Con esto te quedarás afónica. Lo único que te pido es que no pares hasta que hayas acabado de correrte tantas veces como quieras.

- ¿Qué me estás diciendo?, ¿qué me puedo correr varias veces seguidas?

Y asintió con la cabeza mientras clavaba en mí aquella mirada penetrante y esa sonrisa envolvente. Se adelantó en el sofá y tomó mi barbilla y la mordió ligeramente. Sentí un estremecimiento y el deseo de separarme, pero no me dejó, besó mis labios con fruición. Sentí sus manos agarrando mi cintura. Nos besamos con intensidad durante un rato y jugamos con nuestras manos a descubrirnos. Entonces me levantó y de pié volvió a abrazarme y a amarme. Me fue desvistiendo muy lentamente, no sabía si estaba a gusto, sentía una inmensa inquietud, no estaba segura, pero tampoco era capaz de parar. Le seguí por el pasillo, ya iba casi desnuda, sólo con mi ropa interior, mientras que él conservaba el pantalón únicamente. Llegamos al dormitorio y se entretuvo en retirar la ropa de la cama. Era muy lento en sus actos, no demostraba impaciencia, lo que me dejaba descolocada, normalmente los hombres con los que había tenido una aventura rápida, iban buscando estar el menos tiempo separados físicamente de mi, supongo que con la sana intención de que no me arrepintiera o me lo pensara, o que simplemente me largase.

No recuerdo su nombre, creo que ni se lo pregunté. En las paredes de la habitación también había dibujos enmarcados que mostraban el goce de las mujeres, en uno se veía lo que él me había explicado a grandes rasgos, una mujer sola con su mano introducida en su vagina y una cara angelical, volátil, flotando en el infinito placer. En alguno de los otros cuadros, había hombres ya mejor dibujados, aunque sin acabar del pecho hacia arriba, supongo que con el fin de que fuera la imaginación la que les pusiera el rostro. Y también mujeres gozando de enormes vergas, chupando o metiéndoselas por los diferentes agujeros de su cuerpo. Aquello era el paraíso del sexo. Quizá el fin era que cada una que pasaba por allí, escogiera su preferencia.

Me tumbó sobre las sábanas, que no eran blancas, al contrario, eran de color oscuro, tal vez azul marino. E introdujo su lengua en mi boca con ansiedad, mientras comenzó a masajear un pecho y mi estómago, sentía su dureza cerca de mi pierna, pero me la ocultaba para que no se me ocurriera ni siquiera intentar cogerla. Bajó sus labios por mi cuello y mi pecho y llegó a mis pezones, que en seguida devolvieron las caricias levantándose como dos clavos ardientes, hinchados y su mano cambió a mi pubis, donde comenzó un leve masajeo. Intercambiaba un pecho con el otro, hizo subir mi temperatura y sentí que su mano separaba mis muslos.

- Tranquila, relájate, te prometo que te va a gustar.

Me dejé abrir, se humedeció el dedo en mi boca y luego se lo rechupeteó él, lamió su propia mano clavándome sus ojos. Yo estaba totalmente abierta de piernas y llevó su mano a mi sexo que ya estaba humedeciéndose. Lo acarició generosamente y sentí cómo un líquido viscoso se derramaba entre sus dedos, era uno de esos geles que aún no necesito, pero que ayudan cuando la sequedad es excesiva, es algo natural, todas las mujeres lo sabemos, pero él no había hablado de penetrarme.

Me dio la vuelta y levantó mi culo, colocó mis rodillas a media altura y puso la abertura de mi raja a la atura de sus ojos. Su lengua recorrió mi culo sin penetrar en el ano ni en los labios de mi coño, lo que aumentó un poco mi ansiedad por sentirlo. Me tenía tan intrigada con lo que iba a pasar, que cada movimiento suyo era esperado con ansiedad por mí ¿qué iba a hacer y cómo?. Sentí un azote en mi glúteo y al tiempo un dedo en mi rajita, pero no penetró. Otro azote y ahora sí algo se introdujo, pero no era un dedo, era más de uno. Me humedecí aún más. La otra mano se paseó presionando sobre la raja de mi trasero y presionó mi entrada. Entonces me dio un ligero azotito en la zona que oculta el clítoris, fue algo rápido y ligero, que sonó a charco con el líquido que había acumulado. Y otro azote en el glúteo y otro más. No pude evitar lanzar un lamento de placer. Durante un buen rato estuvo excitándome entre pequeños azotes y caricias por igual, jugando en la puerta de mi vagina y de mi ano, sin llegar nunca a entrar. Mi ansiedad empezaba a preocuparme.

Me volvió a dar la vuelta y me levantó las piernas y me las abrió. Me besó el coño sin demorar demasiado tiempo en ello, me llevó el sabor hasta mi boca y se retiró para enseñarme su mano, sus dedos formaban una piña, las yemas unidas de los cinco formaba una cuña que bajó hasta mi rajita que ya estaba ansiosa de sus caricias.

Entonces presionó en la entrada y con movimientos suaves fue horadando el agujero hasta dilatarlo muy suavemente, muy despacio, algunas veces, con uno o dos dedos de la otra mano, acariciaba mis pezones o el clítoris y me volvía loca. Sentí como mi entrepierna se abría hasta donde yo no sabía que podía abrirse y su mano penetraba mi cuerpo cubierta de algo viscoso que ayudaba a la penetración. Sentí unos desconocidos espasmos interiores. Mi cuerpo estaba reaccionando de una forma totalmente nueva para mi, nada del resto de mi piel tenía sensibilidad, todo estaba concentrado en el interior de mi vagina, mi pequeña vagina que nunca había parido y que por tanto, jamás se había dilatado tanto, parecía de goma.

Cerré las piernas para atrapar aquella sensación tan brutal, unas lágrimas se escaparon de mis ojos y lancé un gemido descomunal para lo que yo solía hacer. Miré y vi que aquella maravillosa mano ya estaba en mi interior, hasta la muñeca del brazo y se movía muy levemente adelante y atrás provocándome un éxtasis enfermizo. Tomé una almohada y comencé a gritar sin cortarme, estaba subiendo al cielo y viendo a toda la corte celestial, estaba muerta de deseo, deshidratándome seguramente, pues notaba como echaba líquido a mansalva, estaba hasta llorando de puro placer, casi no sentía las piernas, ni el resto del cuerpo tampoco. Toda yo era mi vagina y fuera de allí no había nada.

Grité y grité mientras aquel hombre manoseaba el interior de mi cuerpo. Hasta que un espasmo animal, bestial, exagerado, desconocido, me hizo bambolear. Sacó su mano con suavidad y dejó que mi coño dilatado chorreara todo lo que tenía dentro, mientras yo daba espasmos y perdía casi el sentido. Sus dedos golpeaban rítmicamente sobre la entrada, prolongando hasta el infinito el orgasmo.

En mi vida he gozado de aquella forma. Tanto es así que creo que me desmayé aunque tan solo fuera por unos segundos y tanto es así que jamás me he atrevido a repetirlo. La sensibilidad y maestría que demostró aquel hombre conmigo fue descomunal, porque en esta práctica el placer no acaba ahí, el placer se prolonga incluso cuando la mano ya está fuera y mi boca ansiosa reclamó su polla dura, muy dura y grande, que el me metió con ansiedad para ir a correrse de una forma exagerada en muy pocos instantes, mientras yo aún estaba coleteando de mi placer, también gracias a su mano caliente sobre mi abertura. Su verga me escupió una primera bocanada dentro, pero la sacó rápidamente y se dejó ir sobre mi cara y mi pecho, inundándome del calor y del aroma de su líquido, sin apartarse del control sobre la entrada de mi vagina, de mis labios dilatados y mi clítoris sobre excitado. Y cuando concluía mi largo orgasmo, la dulzura de su corrida, me hizo volverme a correr otra vez, más suavemente.

Después de esto, tal y como estaba, me quedé dormida. Cuando desperté, no sé cuanto tiempo después, el hombre dormía a mi lado. Me levanté, no a la primera, pues aún me temblaban las piernas y me di una ducha con el agua tibia, mi coño aún destilaba líquidos y tenía una extraña "sonrisa vertical" ampliada. Sólo sabía repetirme a mi misma "¡Dios, qué pedazo corrida!". Cuando acabé me vestí y me largué, no le dejé nada, ni tarjeta ni unas letras. No quería volverle a ver porque sabía que es lo que iba a pasar si lo veía. Aquello era irrepetible. Me podría colgar y no lo quería. Ya veríamos si en mi vida volvía a encontrar a alguien capaz de hacer esto, de momento sólo tenía palabras de agradecimiento para el Creador, que había sido el inventor de tan fantástica sensación. No era tarde y me senté en un banco a descansar un poco y a fumarme un cigarrillo, me fijé que la puerta era la de un establecimiento de alquiler de apartamentos, lo cual me alegró, pues significaba que mi adorable desconocido estaba de paso y por otro me asustó, pues eso quería decir que los cuadros de las paredes no eran suyos. Mejor no buscar explicaciones.

Ésta, aunque no la única, ha sido la mejor experiencia con desconocidos (y conocidos también) que he tenido. Y como todas, es irrepetible, cada una por una razón distinta. Pero lo que sí os digo es que si alguna vez hacéis esto, no me lo contéis. Me correría sólo de recordarlo.

MARTES

Imposible ser persona el lunes. Así que llamé al móvil de jefe el mismo domingo por la tarde, en cuanto aterricé, y le debí pillar haciendo algo interesante porque me habló muy bajito y como entrecortado. Puse una vocecita de enferma le mentí sobre una inexistente lumbalgia que me impedía moverme, fruto del esfuerzo del fin de semana por recuperarme de un estúpido, e inexistente, catarro, que me había obligado a guardar sillón en casa "solita". Así que para, supuestamente, evitar un mal de una semana de baja, había cogido un mal de un día o dos, eso ya lo decidiría el lunes por la tarde en función de cómo me encontrara. El pobrecillo no me preguntó más, me dijo que no me preocupara y se volvió a sus quehaceres que prefiero no saber cuáles eran, no sea que lo tenga que bajar a bofetones del pedestal donde tengo puesto a ese padre y esposo ejemplar, por no hablar de su honradez como jefe. Y así me acosté hasta que volví a contactar con el mundo a la 1 de la tarde del lunes, con un coño dos puntos por encima de dolorido, pero cuatro por debajo en comparación con el agujero de mi trasero.

El martes no quise poner excusas, ya era hora de recobrar la vida "normal" tras el intenso fin de semana. Yo madrugaba mucho, el despertador sonaba sobre las 6. Arreglarme y tomar algo me llevaba tanto tiempo que no era capaz de estar lista en menos de una hora. Pero a pesar del madrugón, generalmente llegaba tarde, unas veces porque me entretenía viendo las noticias, otras veces porque el transporte se daba mal y otras … ni siquiera podía explicarlo, pero lo cierto es que todos me conocían ya por que jamás llegaba a la hora debida. No obstante, me perdonaban el ligero retraso, tal vez por mi atractivo personal (¿a que tengo una alta estima de mi misma?), tal vez mi competencia profesional, o quizá que el jefe estaba un pelín, más de lo que sería capaz de admitir, enamorado de mi, su ayudante. Tenía otra ayudante más, pero yo era especial para él, a pesar de que jamás me diría nada inconveniente, ni lo reconocería, ni hubo la más ligera insinuación en todos los años que llevábamos juntos. Era un hombre casado y de esos que aún creen en el amor para toda la vida, o al menos en el compromiso.

No paraba de darle vueltas al largo fin de semana que había pasado con Hugo, lo que habíamos hecho, cómo se había sucedido todo, el viernes lo había pedido libre en el trabajo para poder arreglarme por la mañana y viajar a primera hora de la tarde, que entre desplazamientos al aeropuerto, embarque y vuelo, se me iba un pico del tiempo. El jueves anterior por la noche habíamos estado chateando de nuevo, un poco de ciber sexo, ya sabéis que lo descubrí con él, me pareció maravilloso poder tener una aventura a través del ordenador, aunque siempre tenía el peligro de que Hugo me estuviera grabando (o cualquier hacker) y lo usara en su provecho, pero confiaba en él. O tal vez me hubiera dado morbo encontrar mis grabaciones en cualquier página de "pajilleros anónimos" y elucubrar con esos pobres diablos que se la cascaban viéndome en la pantalla. Tan ensimismada estaba en todo lo sucedido y regodeándome en esta aventura que apenas me di cuenta del color que me ponía en los ojos, de la blusa que me enjareté más que ponérmela, de la falda o los tacones que llevaba. Todo lo hice mecánicamente. Tomé café y una galleta de esas diuréticas, con un ligero toque de chocolate, pero no enchufé ni la radio ni el televisor, que normalmente me hacían compañía mientras desayunaba o mientras me vestía para ir a trabajar.

No, hoy no estaba para eso. Instintivamente salí a la calle en la sucesión de costumbres, como una autómata, sin saber bien qué hora era. A pesar de ello, justo antes de llegar a la boca del Metro, me senté en un banco y me encendí un cigarrillo. La mirada perdida, los transeúntes pasaban no sin contemplarme preguntándose qué haría a esas horas una mujer tan bien vestida en un banco en la calle. Recordaba el encuentro fortuito que tuvimos Hugo y yo y que significó nuestro reencuentro.

No sé qué tipo de casualidad fue la que le llevó hasta el pub donde íbamos habitualmente tras el trabajo, pero apareció en la puerta de pronto mientras estaba con unas compañeras tomando un té. Era una especie de lugar de copas, comida rápida, entretenimiento… digamos que servía un poco para todo. Estaba en los alrededores de la zona de oficinas donde se ubicaba la empresa, solía pasar por allí cada jueves al salir para tomar un té o un refresco con Luci y Patri, con las que compartía ratos y gimnasio, solíamos entretenernos allí decidiendo si íbamos a machacar un poco el músculo al gimnasio o aprovechábamos las rebajas. O simplemente para contarnos cotilleos o criticar a nuestros aburridos jefes.

Cuando entró, miré sin intención, concentrada en lo que las chicas hablábamos, sin embargo, algo me llamó la atención sobre aquella figura. El hombre de cabello algo canoso, se acercó a la barra sin reparar en nadie en particular, pidió un güisqui y se sentó en un taburete, justo a mi lado. Me sonaba su cara, así que de hito en hito, le miraba estrujando mi cerebro para intentar poner nombre a ese perfil. Fue justo al volverse, cuando él me clavó sus ojos verdes, una chispa saltó en algún rincón de mi cerebro.

- ¡Hugo! –grité.

- ¿Perdón? .... –me miró sorprendido, pero en seguida arrugó el ceño y me reconoció

- ¿Anna?.

Por fin en el Metro, camino del trabajo, volví a la realidad de lo incómodo que es ir sujeta a la barra bajo la mirada obsesiva de los salidos de turno que siempre viajan en este vagón. Necesitaba sentarme fuera como fuera, me dolían las piernas más que si hubiera estado haciendo spinning toda la tarde anterior, era un dolor que me subía hasta la entrepierna y me mantenía adormilada la parte del pubis, justo donde la lengua, el dedo, la polla de Hugo se habían entretenido largamente hasta el día anterior. ¡Dios!, tenía que sentarme y cambiar el pensamiento o no sabía qué iba a ser de mi.

Allí de pie, soportando el traqueteo tumultuoso del vagón, recordé que justo antes de aparecer en el pub, comentaba una de las amigas, Luci, que había conocido a un hombre por internet y había quedado con él la semana pasada a ese día, se fueron el finde a la sierra, a un hotel rural de esos y que habían hecho el amor por lo menos cuatro veces. Estaba entusiasmada, pues para ella había sido algo genial, pero que no pensaba ni llamarlo ni volverlo a ver, no estaba dispuesta a colgarse de ningún hombre. Sin embargo yo, este fin de semana que acababa de terminar, había hecho el amor muchas más de cuatro veces y además, muy intensas, de hecho, no recordaba haber salido apenas del apartamento.

Luci entró en detalles y las tres reímos con soltura. Patri preguntó por el tamaño, pero ella rechazó contestar pretextando que eso no era tan importante. Yo le pregunté que cómo besaba, pero Luci hizo un juego de palabras con los labios que Patri cogió al vuelo y celebró con una sonora carcajada. A cambio Patri objetó a Luci que tenía las comisuras de los labios un poco dadas de sí. Ambas rieron descaradamente mientras me dejaba llevar por un recuerdo que me vino a la cabeza, no es que me disgustara aquella forma de hablar, simplemente no quería pensarlo porque cada vez que lo hacía luego tenía fuertes fantasías a solas en casa y me costaba reprimirme.

Sentí que mi culo recordaba el gran volumen que se había tragado, como decía Luci "si viene por detrás, mejor uno pequeño será".

- No te había reconocido –dije –pero ahora, al sentarte aquí … bueno, tus ojos son inolvidables.

- Jajaja, muchas gracias Anna, yo tampoco me fijé en quien había por aquí, sólo quería tomar una copa antes de largarme.

- ¿Vienes a trabajar o vas?

- No que va, voy al teatro.

- Caray, qué bien.

Y como no, la conversación siguió adelante e inmediatamente Hugo me hizo saber que iba solo y que si quería podía acompañarle, era una obra de teatro experimental, underground, así que seguro que había entradas, pues eran además sin numerar.

Le presenté a mis amigas (¡brujas!), que se quedaron

encantadas, de hecho, estaban mirando descaradamente. Hugo no tenía un gran tipo, pero resultaba muy atractivo, iba vestido un poco fuera de onda para aquel barrio, aunque todo parecía indicar que se había puesto a tono con el lugar a donde se dirigía y que se habría cambiado en el trabajo antes de salir, seguramente por allí cerca.

- Anna, yo no dejaría pasar una oportunidad así. Ve con Hugo- afirmaron tanto Patri como Luci, relamiendo el nombre al pronunciarlo.

En agradecimiento por su complicidad, las invité a una copa que ellas tomaron, dejando el tema de compras y/o gimnasio para mejor ocasión, ahora merecía la pena indagar sobre la vida de Hugo y cómo, de cuándo y por qué nos conocíamos. No tuvieron reparos en preguntar y poco a poco, animados por el momento y las copas, que se repitieron algo así como dos o tres veces, se enteraron que nos conocíamos del colegio y del barrio donde nos criamos, y de que tuvimos hasta una o dos pequeñas aventuras, pero con el tiempo nos perdimos de vista.

Recordé pero sin decírselo a mis amigas, que Hugo me desvirgó en un fin de semana que pasamos en una casa de una urbanización varios chicos y chicas de la pandilla. Lo recordaba con cariño y "me ponía" ciertamente recordarlo, al día siguiente nos encerramos en la habitación sin salir ni para comer, practicando varias veces y de diferentes formas, el sexo recién descubierto. Recordaba ciertos detalles que me hacían mirar a Hugo con deseo, similar al que parecían sentir Patri y Luci.

El viaje en Metro ahora se me hacía más imposible con tantos recuerdos agolpándose en mi mente. Debía controlarlos o lo iba a pasar mal. Por suerte no había apretujones como en otras ocasiones, porque con la calentura que llevaba y el contacto con la gente, puede que hubiera cometido cualquier locura y hay que reconocer que ya soy una mujer suficientemente adulta como para saber hasta dónde debo llegar. Pero de repente se quedó un sitio libre y me lancé prácticamente de un salto. Crucé las piernas, tenía miedo que las medias y las bragas no fueran suficientes para contener el posible líquido que la excitación me estaba provocando. En contra de lo que me hubiera gustado, mi cuerpo tenía por costumbre destilar deseo y mi sexo se acomodaba a recibir placer demasiado pronto, pero no lo iba a recibir, sólo era un estado mental. Apreté con fuerza una pierna contra la otra e intenté pensar en otra cosa: balances, estados financieros, etc.

Miré el reloj y comprobé que llegaría tarde, pero esta vez demasiado tarde. Tendría que buscar una escusa, como la que busqué aquella tarde.

Luci y Patri cada vez estaban más lanzadas a preguntas y queriendo agradar a Hugo, me entró ese espíritu competitivo, tipo loba, de "yo-lo-vi-primera". Así que como lo tenía a mi lado, lo tomé por la cintura, sentada como estaba en el taburete y le empujé hacia mí misma, obligándole a abandonar su asiento para pegarse a mi mientras continuaba la animada conversación con las tres. Sin saber por qué, instintivamente, bajé la mano que tenía por detrás y le magreé suavemente el culo, Hugo se volvió a mirarme, a mi se me subió el color a la cara, pero por suerte, él solo sonrió y retiró la mano. Hugo continuó la charla con las amigas, pero no se apartó y, por el contrario, me cogió esa mano en la suya:

- ¿Nos vamos ya?, llegaremos tarde si no.

Como tantas veces, asentí y volví a darle un pequeño abrazo apoyando un poco involuntariamente el muslo contra la bragueta de Hugo. Aquella sensación le dejó sin habla, adiviné cada parte de su anatomía oculta y una explosión de recuerdos invadió mi mente, aquella zona ahora dormida tuvo la capacidad de despertar mi cuerpo en varias ocasiones en aquél fin de semana y no recordaba haberme vuelto a encontrar con un juguete similar al de Hugo, hasta el cruce del Café Gijón. Casi desfallezco allí mismo inundada de sensaciones.

Patri y Luci no perdieron la ocasión de abrazar y restregase un poco con el atractivo hombre en un vano intento de "si-no-sale-bien-con-ésta-ya-sabes-donde-me-tienes". Y Hugo tampoco parecía querer evitar el dejarse querer.

No sabía ya cómo desviar mis pensamientos, temía dar un espectáculo terrible en el metro, incluso creí que algún hombre me miraba con exceso de lascivia. Sabía que resultaba atractiva porque me miraban y hasta varias veces me entró alguno con ganas de ligar. Y porque "estoy buena", ¡qué caramba!, y sé arreglarme, si bien es cierto que a los hombres les gustaban todas, bueno, casi todas.

De pronto se abrieron las puertas y entró un buen número de pasajeros que llenaron todos los espacios. Tuve la mala suerte de que frente a mi se detuvo ¡vaya suerte!, el típico pantalón vaquero cuyo relleno te gustaría pillar en tu noche de loba. Un insinuante paquete que con el traqueteo se acercaba y se alejaba, sin que pudiera evitar lanzarle ansiosas miradas. Noté que me mojaba más. Por suerte llegué a mi estación enseguida. Salí disparada, no sin evitar un morboso roce con aquél paquete, seguro que el pobre jovenzuelo se quedó sorprendido. Subí las escaleras mecánicas andando, no quería entretenerme, iba demasiado tarde y demasiado … acalorada. Entré por la oficina como una tromba, pedí disculpas al jefe que, al verme con los colores subidos, sintió una profunda tristeza por mi creyendo que se debía a que había corrido para llegar a tiempo.

- Bueno señorita Anna, usted suele llegar siempre unos minutos tarde, comprendo que algún día tenía que retrasarse de verdad. No pasa nada, siga usted.

Le agradecí la comprensión y salí zumbando al baño, ya no aguantaba más. Me encerré como una loca, todos supusieron que para recomponer mi aspecto, pero nadie adivinó la forma en que lo iba a hacer.

A mi mente volvió la trama de aquella tarde noche con Hugo.

No había entradas en el teatro, pero si para un cine contiguo, uno de esos de películas sin doblar a los que casi nadie va. Habíamos llegado allí agarrados, con algún que otro achuchón de por medio y con la mente puesta en el fin de semana de adolescentes. Así que era imposible obviar lo cierto. En la sala apenas había nadie. El morbo estaba servido y ambos dimos rienda suelta a una vieja fantasía. Volví a sentir el calor de aquella carne hinchada entre mis manos, mientras unos dedos hurgaban en mi agujero más recóndito.

Sin embargo ahora, eran los míos los que me lo trajinaban. Me senté en el inodoro tras bajarme las medias y las bragas y con mis dedos ansiosos comencé a acariciarme recordando cada instante de aquella aventura en el cine. Sólo nos tocamos, no hubo penetración. Las manos y las lenguas fueron las únicas protagonistas. A cada instante me asaltaba un espasmo, intentaba reprimir los quejidos para que nadie que entrara al baño sospechara. Estaba ardiendo de deseo y placer, me resultaría imposible responder a cualquier pregunta que me hubieran hecho. Me sentía capaz hasta de agredir al aburrido jefe si entrase en ese instante a interrumpirme. Seguí acariciándome cada vez con más ansiedad recordando el falo de Hugo...

... cómo crepitaba, cómo pujaba en mi boca, cómo su lengua ahondaba entre mis muslos apoyados contra las incómodas butacas. Por suerte ya no había acomodadores en los cines, que pudieran llegar y llamarnos la atención. ¿Y por qué no nos habíamos ido a un hotel, o a su apartamento?, no sabría decirlo, tal vez el morbo, el maldito morbo que se crecía con el calentón y que ambos siempre habíamos sentido. O tal vez los recuerdos.

Mi culo crujía sobre la tapa del inodoro, mis dedos no daban abasto, mi mente no paraba de pasar imágenes que me excitaban más. Hasta que ya no pude contenerme y me dejé ir como una corriente de agua en un desfiladero. No pude guardar silencio por más tiempo y mis gemidos estremecieron hasta los espejos del baño, por suerte no había nadie allí. Me abandoné en una explosión de cientos de megatones, desbordada de placer y el líquido inequívoco del goce, corrió por fin libre entre uñas e inodoro y escurrió hasta el suelo en pequeñas gotitas blancas que me mancharon las medias negras. Un gran suspiro detuvo todo mi cuerpo, cargado del elixir de la pasión, tras los pequeños espasmos que habían concluido con la llegada del orgasmo.

Fue casi como en el cine, solo que allí hubo más silencio.

Me corrí sobre la butaca, abierta de piernas, hurgada por Hugo, mientras él se derramaba dentro de mi boca para no manchar la moqueta ¡maldito lo que nos importaba a nosotros la moqueta!, pero no sé por qué sentí una cierta responsabilidad sobre el sitio y preferí alimentarme de su líquido. Ya antes él me había puesto a punto con su lengua, nos incorporamos y asumimos el final. Justo cuando levanté la vista, al fondo de la misma fila nuestra, al otro lado del pasillo, adiviné una figura solitaria que nos miraba y que no respetaba la moqueta; las sombras blancas que despedía su miembro erecto entre sus manos, volaron sobre el respaldo de la butaca delantera y sobre el suelo.

El caso es que ya estaba lista para afrontar la jornada de trabajo, bueno, antes tendría que arreglarme un poco. Sentí la hinchazón de mis labios. Concluía con ésta, una serie de orgasmos obtenidos a lo largo del fin de semana y de muy diferentes formas. Lo difícil iba a ser ocultarlo a las muy cotillas Patri y Luci que estarían esperando en la cafetería como aves rapaces en busca de su presa, el relato pormenorizado de lo que había ocurrido, pero no estaba dispuesta a contar nada de nada, bajo riesgo de intento de que quisieran arrebatarme a Hugo, con el que pensaba compartir algún fin de semana más.

- 0 - 0 - 0 - 0 - 0 - 0 - 0 - 0 - 0 - 0 -

Perdí el contacto con Hugo, igual que había ocurrido tantas veces. Tal vez el futuro nos vuelva a cruzar en nuestro ocaso, de todas formas, lo vivido ha quedado aquí reflejado y no descarto que este escrito caiga en sus manos. Le veo como un viejo sátiro con la pólvora mojada ya por los años, así que conformarse con leer historias y recordar lo que él por su lado y yo por el mío vivimos, no es desdeñable. Yo misma, hoy día, ya no busco aventuras ni siquiera compañías que pasen más allá de disfrutar del ocio. Duermo sola desde hace mucho, tan solo mi gata me acompaña, si no encuentra nada mejor que hacer, que ella sí es joven aún.

No penséis ni por un momento que este fin de semana agotó mis ganas de sexo. En absoluto. He tenido otros muchos amantes, algunos realmente importantes y maravillosos, otros no han dado mucho de sí mismos, pero como Hugo ninguno, es cierto. Quizá otro día, si tengo ganas, os cuente varias historias y descubrimiento que hice. Ya muchas sabréis que no todos los hombres saben hacer sexo, ni que la tienen igual de grande o poderosa, el mundo del hombre es un mundo, quizá por eso Dios, en su infinita sabiduría, hizo 7 u 8 por cada mujer, para que cada una encontremos el que nos conviene, salvo a las que estamos seguras de que no nos conviene ninguna y si restamos a las que no quieren hombres … ¡puf!, sabe un buen número per cápita de pollas para cada una ¿por qué conformarnos con una sola? ¿o porque mentir al de turno para "catar" otras "menos familiares" como cantaban La Mandrágora?.

Me cambié de ciudad en busca de la tranquilidad. Me reencontré con mi amiga Amalia ¿os acordáis que os hablé de ella? pues vive en esta ciudad. Hemos recuperado nuestra amistad, ahora mucho más serena, ella vive sola también, no quiere compañías más que la vista de una amiga fija, que soy yo, lo cual no quita que nos demos algún piquito cuando nadie nos ve, pero ya la pasión la entendemos de otra forma. Si vuelvo a escribir, creo que debo dedicarle un capítulo a mi buena amiga y a todas las que prefieren el amor con mujeres que con hombres, en mi caso, ya sabéis, lo he compartido y, ahora puedo decirlo, Amalia fue la principal, pero no la única. Ya os lo contaré si tengo tiempo, en otro tomo.

En fin amigos, si conocéis a Hugo y podéis pasarle esta breve historia, me gustaría saber qué es de él y si le gusta lo que cuento. Es difícil, porque su verdadero nombre no es Hugo, así que la casualidad debe ser muy grande para que nos volvamos a encontrar, pero si ya nos ocurrió tantas veces ¿por qué no iba a ser posible una vez más?

Besos…, Anna.